꿈을 꾸지는 않지만
절망하지도 않아

남자
마흔
분투기

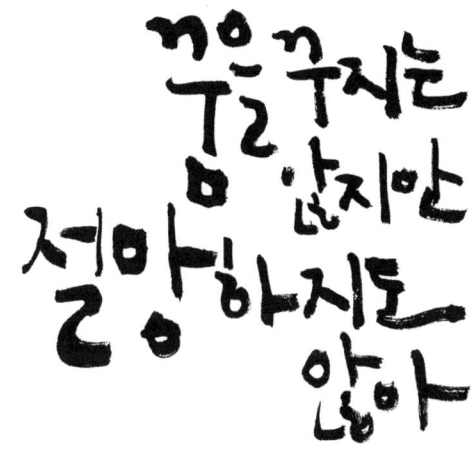

꿈을 꾸지는 않지만 절망하지도 않아

유인창 지음

바다출판사

차례

스스로 탓하지 말자
삶에는 프로가 없으니까

살아도 살아도 익숙해지지 않는 게 있다. 살아가는 일. 살아가는 일은 언제까지 익숙해지지 않는다. 사는 일은 항상 빤하면서도 항상 새롭다. 출근을 하는 건 매일 빤하지만 매일 새로 하는 것처럼 힘들다. 십 년, 이십 년 해온 업무는 눈 감고도 할 것 같은데 날마다 처음 하는 것 같다. 사람을 대하는 것도 매일 겪지만 한 번도 쉬운 적이 없다. 사는 건 한 가지노 만만한 게 없고 정말 익숙해지지 않는다.

많은 사람들이 '인생은 미완성, 바보처럼 살고 있어'라는 말에 고개를 끄덕인다. '후회 없어, 잘 살고 있어'라는 말에는 고개를 끄덕이지 않는다. 잘 살았다, 후회 없다는 말을 듣기 어려운 건 살아가는 일이 그만큼 쉽지 않다는 말이리라. 그래서 삶에는 프로가 없다. 지금 이 순간 온 힘을 다해 살아가고 있음에도 삶에 익숙해지지 못하는 영원한 아마추어다. 절대 전문가가 되지 못하는 아마추어는 실수를 하고 상처를 입고 후회를 한다. 쉬지 않고 도돌이표를 찍듯 같은 실수를, 같은 상처를 되풀이한다. 모든 이의 부러움을 받는 사람도 그래서 이렇게 말하곤 한다. 나는 실패한 인생입니다. 그러니 힘들다고 후회스럽다고 스스로를 탓할 이유가 없다. 삶에는 프로가 없으니까.

조금 늦게 가면 된다

한껏 눈을 부릅뜨고 결승선을 노려본다. 멀다. 100미터가 이렇게나 멀었나. 호각 소리가 울리고 힘껏 내닫지만 생각만 그럴 뿐이다. 몇 발자국 떼기도 전에 이미 뒤로 처진다. 100미터 달리기를 하면 항상 꼴찌였다. 단 한 번도 앞에서 달리지 못했고 먼저 결승선을 밟아본 적이 없다. 앞서가는 그들의 등만 보고 달려야 했다.

학교를 졸업하고 세상에 나와도 달리기는 멈추지 않는다. 100미터가 아닌, 결승선도 없는, 장거리 달리기다. 여기저기서 바삐 뛰어가는 사람들을 보며 무작정 따라서 달렸다. 숨이 턱까지 차올랐지만 언제까지 달려야 하는 건지 알 수가 없었다. 짧은 다리를 한껏 내딛으며 거친 숨을 몰아쉬어야 했지만 언제까지 뛰어야 하는 건지도 몰랐다. 헉헉대다가 심장이 터져버리기라도 할 것 같았을 때, 그 자리에 서버렸다. 그냥 걷기로 했다. 뒤에서 가기로 했다. 학교에서 하던 달리기처럼 그들의 등을 보고 가기로 했다. 조금 늦게 가면 되니까. 아니면 많이 늦게 가면 되니까. 달리기를 선택할 수 없다면 속도를 선택하면 된다. 뒤에 서면 천천히 숨을 쉬어도 되고 다리 아프게 달리지 않아도 된다. 남들보다 앞에 서지는 못하지만 그 자리를 바라지 않는다. 세상에 공짜는 없고 그 자리는 빨리 달려야 한다는 걸 알고 있으니까.

대단하지 않지만 부끄럽지도 않다

아빠, 우리 집 가훈이 뭐야? 언젠가 아이가 물었을 때 한마디로 짧게 말해줬다. 되는 대로 살자. 아이 눈이 조금 커졌다. 그게 뭐야. 말 그대로 되는 대로 살자는 거지. 무슨 가훈이 그래, 가훈은 꿈, 성공 이런 거 아냐? 그걸 뭐하게. 그래도 자라는 아이에게 이래도 되나 싶어서 잠시 심사숙고한 끝에 그럴 듯한 걸로 다시 말해줬다. 몸 튼튼 마음 튼튼. 그건 또 뭐야.

큰 꿈을 꾸지 않는다. 치이고 짓눌리고 질식당할 크기의 꿈을 꾸지 않는다. 지금의 모습을 초라하게 만들고 불행하게 보이게 하는 꿈을 꾸지 않는다. 나름대로의 시간을 살아온 사람에게 희망은 거창하지 않고 인생도 그리 거창하지 않다. 하루라도 행복하지 않으면 입에 가시가 돋을 만큼 행복하기를 바랐지만 얼마나 터무니없는 것인지 금세 알아버렸다. 생각하는 대로 살기를 바랐지만 이번 생에서 불가능할 수도 있다는 걸 알게 되는 데 오래 걸리지 않았다.

몸 튼튼 마음 튼튼 살아가기를 원한다. 산다는 건 어딘가에 마음을 계속 긁히는 것과 같다. 쉴 새 없이 안으로 밖으로 긁히면서 살아간다. 그렇게 긁힐 때마다 마음이 튼튼해서 상처가 덜 나기를 바라곤 했다. 되는 대로 산다는 건, 지금을 거부하지 않고 산다는 건, 참 어려운 일이다. 흘러오는 시간과 삶을 거스름 없이 그저 살아간다는 말일 터인데 그게 어찌 쉬울까. 그런 단순함이 창피하지 않느냐고? 아니 창피하지 않다. 넘어지고 다시 일어서며 이렇게 일구어온 것도 쉽지는 않았으니까. 대단하지 않지만 부끄럽지도 않으니까.

상처만 보지 말고 걸어갈 길을 보자

안경을 벗어보면 렌즈에 적지 않은 상처가 먼저 눈에 들어온다. 신기하다. 이렇게 상처가 많은데 어떻게 앞이 잘 보일까. 안경을 다시 쓰면 렌즈의 상처는 보이지 않고 앞이 선명하게 보인다. 안경을 쓴 채로 렌즈의 상처를 보려 하면 그때는 앞이 보이지 않고 상처만 보인다. 사는 건 그런 것 아닐까. 상처 가득한 안경 렌즈 너머로 삶을 보는 것. 상처만 보려 하고 힘든 것만 보려 하면 걸어가야 할 앞이 보이지 않는다. 상처를 보려 하지 말고 앞을 보아야 한다. 아픔에 매달려 앞을 보기를 거부하지 말아야 한다.

　'두근두근 내 인생'이 나의 것이기를 바라지만, '가슴 뛰는 삶'이 나의 것이기를 바라지만, 아직 어느 것도 내 것은 아니다. 나에게 허락된 두근두근은 불안의 몸짓이고 가슴이 뛰는 건 두려움의 표시일 뿐이다. 두근두근은 아니어도 뚜벅뚜벅 걷기를 바란다. 느려도 쉬지 않고 가끔은 뜨겁게 또 걸음을 내딛기를 바란다. 인디언이 기우제를 지내면 반드시 비가 온다고 한다. 비법은 간단하다. 비가 올 때까지 기우제를 지내는 것. 메마른 삶을 적셔줄 기우제를 지내야 한다. 비가 내릴 때까지. 결국 비가 안 올 수도 있겠지만 그러면 또 어떤가. 성공을 기대하는 게 아니다. 삶을 살아내는 것일 뿐.

앞보다 뒤에 서 있는 사람들. 늦게 가는 사람들. 여리고 약한 사람들. 싸움에 능숙하지 못하고 지는 데 익숙한 사람들. 울지도 못하고 마음 누일 곳조차 마땅치 않은 사람들. 그래도 무거운 발걸음을 들어 또 한 발 내딛는 사람들. 그런 사람들과 건배를 하고 싶다. 딱, 한 잔만. 우리는 또 걸어야 하므로.

삶이 가르쳐준 것들

남의 시선으로
살지 마라

집이 적어도 30평대는 되어야지. 자가용은 중형은 타야 하지 않나? 저 친구는 재산이 많으니까 돈 걱정은 없겠군. 부장 한번 달아봐야지 언제까지 과장, 차장 명함 들고 다닐 거야. 기왕 구입할 거면 이 정도는 되어야 하지 않아? 이런 생각은 정말 내가 그렇다고 믿는 걸까?

작은 아파트가 싫은 건 살기 불편해서일까 남의 시선을 의식해서일까. 배기량이 큰 차를 원하는 게 정말 안전 때문일까 남들이 비웃을까 신경이 쓰여서일까. 지금 당장 큰돈이 생기면 과연 다른 걱정 없이 살맛이 날까. 물건을 살 때 수준을 높여 잡는 건 성능도 성능이지만 자랑하고 싶어서는 아닐까.

진정 내 생각은 있는 걸까. 아무런 사회적 잣대나 편견, 비교의식이 없다면, 그래서 정말 내가 원하는 대로 선택하고 살 수 있다면, 나를 둘러싸고 있는 것들은 어느 정도면 괜찮을까. 그런 삶의 기준은 있나. 그건 과연 나의 중심에 제대로 서 있나.

라다크는 히말라야 고원에 자리 잡고 있는 마을이다. '작은 티베트'라고 불리는 라다크는 천 년이 넘는 시간 동안 자신들만의 언어와 티베트 불교문화를 바탕으로 자급자족적 생활을 꾸려왔다. 함께 일하고 함께 노래하고 함께 살아왔다. 공동체적인 그들만의 삶을 영위하며 살아온 것이다. 라다크의 환경은 열악하다는 말로는 부족할 정도로 형편없다. 일 년에 작물이 자랄 수 있는 기간이 넉 달에 불과하다. 여름에는 폭염이 쏟아지고 겨울에는 영하 40도 아래로 떨어지는 추위가 온다. 바람은 몰아치고 비는 거의 내리지 않는다. 산 위에 쌓여 있는 눈과 얼음이 녹아 흐르는 물을 생활용수로 사용한다. 그런 환경에서도 라다크 사람들은 믿기 어려울 정도로 행복하게 살았다. 그들의 삶에서는 버려지는 물건도 없고 버려지는 사람도 없다. 그들은 가진 것 없이 어려운 생활이었지만 가난이 무얼 말하는 것인지도 몰랐다. 그들의 중심에는 그들만의 삶의 기준이 있었고 생활이 있었다. 그래서 그들은 행복할 수 있었다.

남의 시선, 남의 판단으로 사는 삶

라다크 사람들은 자신들이 세상의 주변부에 있다고 느끼지 않았다. 그들에게 있어 세상의 중심은 자신들이 살고 있는 바로 그곳이었다.

—《오래된 미래》 중에서

서구의 발길이 몰려들고 개발과 문명이라는 말이 감싸면서부터 라다크는 급속도로 변해갔다. 관광객들이 무수히 찾아오면서 천 년 넘게 이어져온 뿌리가 송두리째 흔들렸다. 무엇보다 라다크 사람들은 자신들이 가난하다고 느끼게 되었고 자신들의 문화를 열등한 것으로 생각하게 되었다. 열등한 문화를 밀어내고 외부에서 들어온 새로운 문화를 자신들의 중심에 세웠다. 시계를 볼 줄 모르면서도 남에게 내보이려 손목시계를 두르고 다니는 사람들로 변해버렸다.

라다크 사람들이 행복했던 것은 자신들이 세상의 주변이 아닌 중심이라고 생각해서였다. 그들만의 삶의 방식을 추구할 때 그들은 척박한 환경에서도 불행이라는 단어를, 가난이라는 뜻을 모르고 살았다. 외부의 시선으로 보았을 때는 비참할 정도의 생활이었지만 그들은 더할 나위 없이 행복했다. 그러나 외부의 시선을, 밖의 기준을, 그들의 것이 아닌 삶을 그들의 중심에 놓았을 때 모든 건 무너졌고 이제껏 겪어보지 못한 불행에 시달리기 시작했다.

사람들은 외부에서 보는 자기를 궁금해한다. 남에게 어떤 모습으로 비치고 있는지, 나의 행동이 남에게 어떤 생각을 하게 만드는지 궁금해한다. 자신이 살아가는 방식에 대한 밖의 시선을 걱정하는 것이다. 그건 그다지 잘못된 게 아니다. 자신의 눈으로 보지 못하는 부분을 볼 수 있고 더 정확하고 객관적인 시선으로 바라볼 수 있다. 자신을 돌아보고 바로 잡는 기회가 되기도 한다. 문제는 남들이 보는 또는 사회가 보는 자신의 모습이 모든 판단의 기준이 되어버리는 것이다. 남이 평가하는 한 마디 말에 한없이 불안해하고 한편으로는 기뻐한다. 지금 괜찮다는 걸, 좋다는 걸, 그럴 듯하다는 걸, 남의 시선을 통해 평가받고 남의 입으로 확인받으려 한다.

그렇게 남의 눈에 비치는 모습을 궁금해하면서 반면에 자신의 눈으로 스스로를 보려고 하는 경우는 드물다. 자신의 눈에 비치는 자신의 모습이 어떤지는 생각해보지 않으려 하고 궁금해하지도 않는다. 살아가는 것은 자신이 살아가는 것이고 생각을 하는 것도 판단을 하는 것도 자신의 의지이다. 그럼에도 자신의 삶을 성찰하는 자신의 눈을 갖지 못한다. 남의 시선으로 남의 생각으로만 자신을 보고 평가한다.

비틀즈보다 아바가 좋다고
왜 말을 못해

내가 가지고 있는 생각은 어디서 온 것일까. 그 생각은 온전히 나의 것일까. 집이 적어도 30평은 되어야 한다는 건, 차가 커야 한다는 건, 부자가 좋다는 건, 그건 진정 나의 생각일까. 나의 내부에서 치열하게 깨뜨리고 다지고 빚어서 만들어낸 나 스스로의 생각일까. 진정 후회할 것도 양보할 것도 없는 생각일까. 혹시 남의 생각을 나의 생각으로 대체한 것은 아닐까. 남의 눈에 비치는 것을 나의 생각으로 삼아버린 것은 아닐까. 사회가 일반적으로 요구하는 것을 나의 생각이라고 착각한 것은 아닐까. 이것이 행복이라고, 이것이 삶에 가치 있는 것이라고, 이것이 중요한 것이라고 하는 내 삶의 가치 기준은 어디서 왔나. 그것은 나의 것인가.

비틀즈는 록의 전설이었다. 존 레논, 폴 매카트니, 조지 해리슨, 링고

스타 네 명으로 구성된 밴드 비틀즈는 1960~1970년대 전 세계에 열풍을 몰고 왔다. 젊은이들은 그들의 이름을 소리 질러 외쳤고 그들의 노래에 열광했다. 1970년에 해산한 이후에도 비틀즈라는 이름은 몰라서는 안 되는 전 지구적인 문화 현상이었다.

그런데 난 비틀즈가 아니었다. 아바였다. 스웨덴 출신으로 두 쌍의 부부가 그룹을 이룬 보컬 아바. 아바가 더 좋았다. 난 비틀즈를 잘 모른다. 그렇다고 아바를 잘 아는 것도 아니지만 그래도 비틀즈보다는 아바가 좋았다. 비틀즈를 모르는 건 이상한 놈이었다. 무식한 놈이었고 멋없는 놈이었다. "아니 비틀즈도 몰라?" 그런 소리를 들어야 했다. 모른다고 하기가 싫었다. 무식하다는 소리를 들을까 봐, 멋없는 놈으로 보일까 봐 아는 체를 했다. 그러면서도 아바를 더 좋아했지만 비틀즈를 모른다는 소리는 입 밖으로 내지 못했다. 아주 오랜 시간 동안 비틀즈를 잘 아는 척했다.

시간이 흘러 나이깨나 먹게 된 어느 날. 어디론가 가고 싶은 날씨의 휴일이었다. 오가는 차가 없는 한적한 도로를 달리면서 아바를 들었다. 듣고 또 들었다. 일부러 들은 것도 아니고 마침 CD가 있어서 오랜만에 흠뻑 비를 맞듯 들었다. 그러면서 알았다. 그냥 아바라고 말했어야 했음을. 비틀즈를 잘 모른다고, 아바가 더 좋다고 말했어야 했음을 알았다. 내 생각이 아닌 생각으로 참 오랜 시간을 살았음을 알았다. 내가 좋은 게 아니라 남이 좋아하는 생각으로 너무 많은 시간을 살았던 것이다.

다른 사람의 기쁨을
내 것으로 착각하지 말자

《철학이 필요한 시간》에서 저자 강신주는 유학자 이지의 글을 빌려 들려준다. '나는 어려서부터 성인의 가르침을 읽었으나 성인의 가르침을 제대로 알지 못했으며, 공자를 존경했으나 왜 공자를 존경해야 하는지를 스스로 알지 못했다. 그야말로 난쟁이가 광대놀음을 구경하다가 사람들이 잘한다고 소리치면 따라서 잘한다고 소리를 지르는 격이었다. 나이 오십 이전의 나는 정말로 한 마리의 개에 불과했다. 앞의 개가 그림자를 보고 짖으면 나도 따라서 짖어댔던 것이다. 만약 남들이 짖는 까닭을 물으면 그저 벙어리처럼 쑥스럽게 웃기나 할 따름이었다.' 이지는 당당하고 솔직하게 토로한다. 자기는 한 마리의 개처럼 살았다고. 이런 뼈아픈 고백이 있었기에 그는 자신으로서의 삶을 살 수 있었으리라.

이지의 말대로라면 나는 옛날에도, 그리고 지금도 여전히 개로 살고 있는 것인지도 모른다. 진짜 내 생각이 무엇인지도 모른 채, 남이 일러준 대로 달리고 있는지도 모른다. 어디로 가는지도 모르면서 다른 개가 달리면 따라 달리고, 다른 개가 멈추면 따라 멈추고 있는지도 모를 일이다. 세상의 시선에 상처를 받는 것도 그래서일 것이다. 아바를 즐겁게 흥얼거리면 될 것을, 비틀즈를 모르는 사람을 이상하게 보는 시선만 쳐다보고 산 것처럼.

어떤 물건을 가지고 싶어 하는 이유는 무얼까. 명품을 좋아하는 이유는 자신감이 생기기 때문이라고 한다. 명품이 없으면 사람들이 자신의 가치를 우습게 본다는 것이다. 남들이 다 있는 것도 하나씩은 가지려 한다. 이유는 남도 있으니까 그렇다는 것이다. 그런 셈법으로 자신의 가치를 계량하는, 그건 얼마나 우스운 일인가. 이지의 말 그대로 왜 짖는지도 모르면서 다른 개가 짖으니 따라 짖는 것과 같다.

살아오며 숱하게 치르는 시험은 상대평가가 많다. 누구보다는 낫다, 누구보다는 좋다, 상대적으로 성적을 매긴다. 우리는 시험뿐만 아니라 삶도 상대평가로 성적을 매기며 산다. 다른 누구보다, 어떤 남보다 낫거나 그렇지 못하다고 생긱하고 평가한다. 싫은 싱대평가가 아니라 절대평가여야 하는 것 아닐까. 뚜렷한 나만의 생각이 있어야 하고 기준이 있어야 하고 중심이 있어야 하는 것 아닐까. 남의 생각으로 살면 무얼 어떻게 해야 행복해지는지 알 수가 없다. 행복해져도 나의 행복이 아닌 남의 행복이다. 개처럼 살아가는 것과 다르지 않다. 고매한 척, 대단한 척하지만 결국 개의 꼴이라면 무슨 의미가 있을까.

나는 30평형에 산다. 준중형차를 끌고 다닌다. 직위는 높지 않지만 낮지도 않다. 그래서 좋은가? 좋다면 어느 누구의 집보다 커서 좋은 것인가. 창피할 정도로 작지 않은 차여서 좋은 것인가. 남 보기에 그런대로 괜찮은 직위여서 좋은 것인가. 그렇다면 좋은 그 이유는 나의 생각인가 남의 생각인가. 진정한 나의 생각은 무엇인가. 그 생각은 나의 중심에 있나. 쏟아져 나오는 질문에 선뜻 대답을 찾지 못한다.

라다크는 그들의 생각이 삶의 중심에 있을 때 행복했다. 남의 생각을 자신들의 중심에 놓기 시작하면서 그들은 불행해졌다. 이지의 말에 의하면 중심에 내가 없으면 개가 된다. 남이 기뻐하는 대로 살 수는 없는 일임에도 우리는 그게 내가 기쁜 것이라고 착각을 한다. 내가 기뻐하는 대로 살아야 한다. 남의 마음에 드는 삶이 아니라 내가 마음에 드는 삶을 살아야 한다. 나 자신의 생각으로 나 자신의 삶을 살아야 한다.

인생 역전,
꿈꾸지 않는다

"저는 ○○대 나왔습니다. 어느 대학교 나오셨어요?" 일 때문에 몇 번 전화를 주고받았을 뿐인데 대뜸 출신 학교를 물어본다. 선뜻 말이 나오지 않는다. 멈칫하는데 또 한마디가 수화기를 타고 건너온다. "그쪽 분야는 대부분 명문대 나오신 분들이죠. 제가 근무할 때도 그랬고." 말하기가 더 어려워지는 상황이 된다. "저는 서울에서 대학을 나오지 않았는데요." 어렵게 대답을 하니 대뜸 다음 말이 이어진다. "아, 그러면 외국에서 학교를 나오셨군요." 점입가경이라더니 꼭 그 꼴이다. "저는 지방에서 대학을 나왔습니다." 잠시 말이 끊어진다. 어색한 말이 몇 마디 오가고 통화는 끝난다.

사람의 생각이야 서로 다르지만 이렇게도 차이가 나는구나 싶다. 모든 것을 단정하고 들어가는 거침없는 자신감이 당황스러웠다. 사회적으로 그럴 듯한 직업군은 당연히 명문대 출신들이라는 확신. 마치 정해져 있기라도 한 듯 말하는 그 사고방식이 기가 막히고 한편으로는 두렵기까지 했다. 깨지지 않는 벽과 마주친 느낌이었다.

어느 고위공직자 후보가 이런 말을 한 적이 있었다. 자신은 어느 대학을 나왔고 평생 마이너리그로 살아왔다고. 메이저리그가 아닌 마이너리그는 비주류라는 말이다. 그가 나온 대학은 최고 명문대는 아니지만 서울에서 상위권 대학이다. 그가 속해 있던 집단이 워낙 명문대 출신이 몰리는 곳이다 보니 그럴 수는 있을 것이다. 공부 잘하는 아이들만 간다는 외국어고에서도 그곳 나름대로 공부 못하는 아이는 존재할 테니 말이다. 그러나 그 말에 의하면 그 이하의 대학을 나와서 그저 그런 일을 하며 사는 사람은 비주류 중의 비주류가 되어버린다. 수많은 사람이 졸지에 비주류 인생이 되어버렸다.

주류와 비주류는 어느 곳이든 존재한다. 비주류 인생이라는 말은 자조적 냄새가 가득하다. 아마 비주류로 살고자 하는 사람은 드물 것이다. 비주류로 사는 사람도 내심 주류에 끼고 싶어 한다. 누구에게도 주목받지 못하는 것보다는 가끔은 주목받는 삶이거나 계속 주목받으며 살고 싶은 게 사람의 욕심이다. 그러나 모든 사람이 주류의 자리에 설 수는 없다. 주류의 삶을 놓고 벌어지는 경쟁과 다툼은 그래서 필연적이다. 주류가 되지 못하면 자조적 느낌, 밀려난 느낌, 외곽서 빙빙 도는 느낌으로 살게 된다. 그게 싫어서 주류의 자리로 발을 들여놓으려면 치열한 노력을 해야 하고 다툼에 맞서야 한다. 어느 곳이든 주류의 삶을 차지하는 건 그만한 수고를 대가로 요구한다. 물론 수고를 들인다고 모두에게 주류의 자리가 보장되는 것도 아니다.

지금 내 인생은
역전이 가능할까

인생 역전이라는 말을 자주 듣는다. 농담으로 또는 진담으로. 지금 살고 있는 삶을 뒤집겠다는 말이 인생 역전이다. 그것도 한 방에. 어떤 방식이든지 현재의 삶에서 다른 삶으로 인생을 바꾸겠다는 건 긍정적이다. 그런데 그 말을 원한이라도 갚듯 이를 악물고 한다면 문제는 달라진다.

부모들이 모여 아이 이야기를 할 때는 자신의 아이가 처한 상황에 따라 부모들의 표정이 갈린다고 한다. 학교를 다닐 때는 성적 좋은 아이의 부모가 부러움의 대상이다. 대학교를 갈 때면 명문대를 갔느냐가 초점이 된다. 대학을 졸업하면 어느 곳에 취업을 했느냐. 명문대를 가지 못했어도 연봉 많은 기업에 취직하면 승패가 역전된다. 역전의 기회는 또 있다. 결혼이다. 명문대를 나오지 못하고 좋은 곳에 취업을 못했어도 누구나 부러워할 배우자와 결혼을 하면 역전을 이루었다고 여긴다. 그걸로 모든 승부가 끝난 건 아니다. 이도 저도 해당되지 않는다면 그때는 돈이다. 명문대를 못 나오고, 좋은 직장이 없고, 대단한 배우자가 없어도 돈이 많아지면 역시 또 역전이 일어난다. 역전에 역전은 거듭된다. 흥미진진하다.

역전을 한다는 건 승과 패가 있다는 걸 전제로 한다. 역전은 패한 상태를 뒤집는다는 의미이니 지금 지고 있다는 걸 전제로 한다. 그런데 말이다, 살아가는 날들을 왜 승패로 구분 짓는 걸까. 그냥 살아가는 과정이면 안 되는 것일까. 그걸로 승을 말하고 패를 말하고 역전을 말해야 하는 걸까. 하긴 어느 대학을 나왔느냐에 따라 평생의 주류와 비주류가 결정되니 승부로 생각하는 게 현명한 판단일 것이다. 그런 전략적 생각조차 없이 사니 비주류로 살아가는 것인지도 모를 일이다.

그렇다면 나에게도 인생 역전은 가능한 것일까. 내가 인생을 역전하려면 무얼 어떻게 해야 할까. 대학교는 이미 졸업했고, 취업도 한 지 오래되었고, 가정을 이룬 지 꽤 많은 시간이 지났고, 돈벌이는 그리 좋은 상태는 아니다. 역전의 기회를 가지려면 대학을 다시 나와야 할 텐데 그럴 시간 여유도 없고 형편도 안 되니 그건 어려울 것이다. 지금보다 더 나은 직장을 찾는다면 역전이 될 수 있겠지만 당장 잘리지 않는 것도 고마운 마당에 다른 회사에서 쓰려고 할지나 모르겠다. 결혼 역시 이혼당하지 않으면 다행이지 더 나은 배우자를 찾는다는 건 불가능에 가깝다. 그렇다면 돈이라도 많이 버는 재주가 있어야 하는데 그건 더더욱 어려운 일이다. 하나하나 따져보니 내가 할 수 있는 인생 역전은 아예 없다. 기회가 없으니 남은 건 하나다. 그냥 이대로 사는 수밖에 없다는 것, 그게 현실이고 내게 주어진 것인 모양이다.

고도로 문명화되어가는 현실 속에서 여전히 잉태되는 고단한 삶이 있다는 것을 이제는 받아들입니다. 거부할 수 없는 운명 같은 것이니 포기하고 타협하자는 것이 아니라, 그저 내 몸이 있어야 할 자리가 어디인지를 알았습니다.　　　　　　　　　　　—《천만 개의 사람꽃》 중에서 임종진은 사진을 하는 사람이다. 그의 책《천만 개의 사람꽃》에는 꽃이 가득하다. 자기 몫의 삶을 살아내는 사람들이 피워내는 삶의 꽃들로 가득 차 있다. 두 차례 보았던 그의 사진전에서 만난 건 사진이 아니라 무수한 삶이었다. 한쪽 다리를 잃고 목발을 짚고 달리는 젊은이, 쓰레기 산에서 삶을 이어가는 어머니들, 빈민촌에서 자라나는 아이들, 전쟁의 한가운데서 살아가는 가족들. 사진을 보고 있노라면 사진이나 사람이 아니라 그들의 삶이 먼저 보였다. 사진 속에 있는 그들의 마음이 보이고 읽히는 듯했다. 사진 속에서 마음을 읽는 건 새로운 경험이었다. 헐벗고 굶주리고 빈한한 사람들, 삶 속에 별다른 기쁨이 있을 것 같지 않은 그들은 사진 속에서 밖을 내다본다. 그리고 웃는다. 삶이 기쁠 리 없을 것 같은데도 그들은 웃는다. 카메라가 앞에 있어서도 아니고 거짓으로 지어내는 것도 아닌 웃음이다. 진심으로 웃고 있는 마음이 느껴진다.

초라한 삶, 누구도 원하지 않았을 삶, 그곳에 태어나지 않았다면 그렇게 살아가지 않았을 그들. 그들은 태어난 곳에서 자기에게 부여된 삶을 부여잡고 살고 있었다. 고통 외에는 없을 것 같은 자리에서 울고 웃고 괴로워하고 즐거워하며 삶을 만들어간다. 그게 그들에게 주어진 자기 몫의 삶이라 생각하고 있는 건 아닐지.

에밀 아자르가《자기 앞의 생》을 쓴 것은 사람은 사랑 없이 살 수 없다는 걸 온몸으로 말하고 싶어서였을 것이다. 자기의 부모가 누군지, 제대로 된 나이가 몇 살인지도 모르고 살아가는 열 살의 모모는 전직 창녀였던 로자 아줌마와 함께 산다. 어린 나이에 감당하기 힘들 삶을 모모는 아무렇지 않은 듯 살아낸다. 모모를 키우는 로자 아줌마도, 하밀 할아버지도, 여장남자 룰라 아줌마도 삶이 힘겹기는 마찬가지다. 그래도 자기 앞의 생을 밀쳐내는 사람은 없다. 소외된 자리에 뿌리를 내린 그들은 자신의 삶을 끌어안고 서로의 고통을 함께 보듬어준다.

　모모의 앞에 놓인 삶은 선택한 게 아니었다. 주어진 것이었다. 선택한 것이든 주어진 것이든 모모는 그 삶을 살아가야 했다. 자신을 돌보아준 로자 아줌마를 거꾸로 돌보아주어야 할 상황이 되고 결국 영원히 떠나보내야 하는 것도 자기 앞의 생이었다. 가슴 에이는 버거움 속에서 모모는 붙잡아놓고 싶은 사랑을 떠나보낸다. 그렇게 사랑을 알아가고 자신을 알아가고 삶을 알아간다.

'자기 앞의 생'은
타인과의 경주가 아니다

　　　　　　　　누구나 자기 앞에 놓인 삶을 살아간다. 주어진 삶일 수도 있고 선택한 삶일 수도 있다. 빈민촌에서 살아가는 사진 속의 사람들처럼, 자기 앞의 생을 거부하고 싶지만 거부할 방법조차 없는 모모처럼, 가끔은 원망도 하고 가끔은 울부짖고 싶은 마음으로 살아간다. 세상 어디에 자리하고 있느냐에 따라, 어떤 방식의 삶을 살아가느냐에 따라, 만나야 하는 고통의 종류는 다르다. 그러나 그 길에서 고통을 만나지 않는 삶은 없을 것이다. 어느 길로 가든 고통이 기다리고 있다. 그것들과 부딪치지 않고 길의 끝에 다다르는 사람은 없다. 위안이 되는 것은 어느 길에나 기쁨도 있고 희열 역시 있다는 것이다.

나의 삶에도 당신의 삶에도 분명 기쁨이 있고 희열이 있다. 숨어 있는 기쁨들을, 훤하게 드러나 있는 희열들을, 자기 몫의 삶으로 만들지 못하는 것은 삶이 책임질 일이 아니다. 스스로 책임을 져야 한다. 내가 누리는 총량의 기쁨과 고통이 어떻게 배분되는가는 자신이 어느 곳에 자리하고 있는가에 달려 있지 않다.

대단한 삶을 살아오지 못했지만 인생 역전을 꿈꾸지 않는다. 주류의 삶을 살아오지 못했지만 인생 역전을 원하지 않는다. 단지 더 나아지기를 바란다. 한 발씩 한 발씩 삶 속에서 더 많은 기쁨을 누릴 수 있기를 바란다. 모두가 대단한 삶을 살 수는 없다. 주어진 것이 대단한 삶이 아니라면 그래서 또 뭐가 문제란 말인가. 내 몫의 삶이 그럴 뿐인데.

힘이 약하면 약한 대로 좋은 것이다. 힘이 좋았으면 어려서부터 힘 없는 누군가를 때리고 괴롭혔을 테니. 권력이 없어도 마찬가지다. 권력이 있었으면 남을 짓누르고 아프게 하고 뽐냈을 테니. 욕심이 줄어들어도 좋다. 욕심이 많아지면 남의 것을 빼앗거나 남의 것을 보고 배가 아파 죽었을 테니. 무엇이 되었든 무조건 많이 가지는 것은 목표가 아니다. 무엇을 위해 살고 있는지 모른다면 그런 것들이 무슨 의미가 있는가.

서로의 생각이 다르듯 삶은 누구나 살아가는 방식이 다르다. 가고자 하는 목표 지점도 같지 않다. 그렇기에 사람이 피워내는 꽃은 같은 게 없다. 색도 모양도 화려함도 소박함도 모두 다르다. 남들과 같은 꽃을 키우고 있다면 그건 자신의 삶이 아니다. 남의 것을 보고 베낀 것이거나 자신의 것이 없어서 남의 것을 그대로 빌려온 것에 지나지 않는다. 자기 앞의 생이 아니라 남의 앞에 있는 생을 살고 있는 것이다. 남의 꽃에 물을 주고 있는 꼴이다. 서로 뛰고 있는 경기장이 다르기에, 서로의 목표가 다르기에, 인생은 승부를 가르는 경기가 될 수 없다. 자신의 삶을 살아갈 뿐이다. 경기 자체가 다르니 이길 수도 질 수도 없다. 자기 앞의 생을 살아간다면 지는 사람은 없다. 살아왔을 뿐 경기를 한 것이 아니다. 이기고 진 것이 아니라 살아온 것이다.

내놓을 만한 것 없지만, 남들이 부러워할 만한 것도 거의 없지만, 그래서인지 많이 가볍다. 삶도 가볍고 마음도 비교적 가볍다. 흔히들 말하듯 세상의 모든 생명은 나름대로의 존재 이유를 가지고 있다. 사람들은 길가의 작은 들꽃에도 의미를 부여하면서 자신의 생에는 너무 가혹한 잣대를 들이대곤 한다. 자신의 삶이 피워내는 꽃의 아름다움은 보지 못한다. 보려고 하지 않고 아름답게 가꾸려고 하지도 않는다. 이미 완전한 아름다움을 갖춘 꽃을 갖게 되기만을 바란다. 세상에 그런 꽃은 없다. 거부도 포기도 아닌 자기 몫의 자리에서 더 나아지는 하루하루를 보고 싶다. 인생 역전 아닌 자기 몫의 삶을 살아가고 자기만의 색과 모양이 있는 꽃을 만들어간다. 누구의 꽃이든 그 꽃은 세상에 없는 자기만의 꽃이다.

때로는
져도 괜찮아

"모든 변호사들은 말이다. 그의 생애 중 한 인간으로서 가장 중요한 공판이 한 가지는 있는 거란다. 이 아빠한테는 이번이 그렇단다. 앞으로 학교에서 이 일에 대해 불쾌한 일을 겪게 될 거다. 하지만 나를 위해 네가 해줄 일이 있다면 그건 머리를 높이 들고 주먹을 내려놓는 거야. 누가 무슨 말을 해도 상관하지 말고 그 애들이 널 놀리는 재미를 주지 말라는 거다. 머리로 싸우라는 얘기지. 그것이 설령 네 공부에 조금 지장을 준다 해도 괜찮다."

"아빠, 우리가 이길 건가요?"

"아니."

"그러면 왜?"

"수백 년을 이어 내려온 모든 것이 꼭 이기기 위한 것만은 아니었단다."

—《앵무새 죽이기》중에서

애티커스 핀치는 백인 변호사다. 백인인 그는 백인 여자를 성폭행한 혐의를 받고 있는 흑인을 변론한다. 1930년대 미국의 남부 앨라배마. 인종 차별이 심한 지역에서 백인 변호사로서 흑인을 변론한다는 게 어떤 일인지는 쉽게 짐작할 수 있다.《앵무새 죽이기》의 내용을 이끌어가는 건 어린 스카웃이다. 아버지인 애티커스 핀치는 자기에게 맡겨진 공판을 거부하지도 포기하지도 않는다. '운명의 잔'을 슬쩍 지나쳐버리는 것도 좋을 것이라고 생각하지만 그렇게 하지도 않는다. 자신은 물론이고 아이들에게까지 쏟아지는 위협과 욕설과 비난 속에서도 흑인을 위한 변론에 온몸을 던진다.

아버지가 흑인을 변호한다는 이유로 아이들과 갈등을 빚는 딸 스카웃이 어느 날 묻는다. 우리가 이기느냐고. 애티커스는 그렇지 않다고 말한다. 그는 알고 있다. 자신이 아무리 변론을 잘해도 재판에서 이길 수 없다는 것을. 사회 전체를 물들이고 있는 '병적인 관념', 그리고 '이성을 가진 사람들조차 뻣뻣하게 굳어 날뛰는' 와중에 그가 이길 수 있는 확률은 제로에 가까웠다.

그의 변론은 훌륭했고 모든 것을 밝혀냈지만 공판의 결과는 예상과 다르지 않았다. 사람들은, 아니 백인들은 사실이 그렇지 않다는 것을 알면서도 애티커스에게 패배를 안겨주었다. 분명히 질 것을 알면서도 변론을 떠안은 그는 '그러면 왜?'라는 딸 스카웃의 질문에 답한다. "수백 년을 이어 내려온 모든 것이 꼭 이기기 위한 것만은 아니었단다."

그가 어린 딸에게 말하고자 했던 것은 용기가 아니었을까. 불쾌한 일을 겪어도 주먹을 내려놓고, 누가 무슨 말을 해도 상관하지 않고, 설령 자신의 삶에 지장을 준다고 해도 개의치 않는 그런 용기를 알려주고 싶었던 것 아니었을까. 삶은 항상 이길 수 없고 산다는 게 이기기 위한 것만도 아니라는 걸 알려주고 싶었던 것일 게다. 패배가 꼭 잘못된 것만은

아니고 그런 삶도 있다는 걸 보여주고 싶었던 것일 게다. 누군가는 살면
서 패배를 하게 되고 그게 나일 수도 있다는 현실을 말이다.

삶은 항상 이길 수도
이기기 위한 것만도 아니다

우리는 항상 이기라고 배운다. 그
리고 이기려 한다. 우리가 살고 있는 이 시대는 경쟁의 시대이다. 다들
이렇게 말한다. "경쟁의 시대에 가장 중요한 것은 이기는 것이다." 경쟁
을 해야 하니 이겨야 하는 것은 필연의 의무에 가깝다. 패배를 좋아할 사
람은 없으니까. 삶은 경쟁 그 자체가 되어버렸다. 학교에서, 회사에서, 조
직에서, 돈벌이에서, 지니고 있는 자산에서, 그리고 아이들을 키우는 것
에서도 경쟁을 한다. 생활의 모든 요소는 우열을 다투는 경기로 변했고
모든 경기에서 이기려고 한다.

스포츠에서 양궁 선수는 양궁에서만 우승을 원한다. 양궁 선수가 수
영이나 축구나 야구나 레슬링에서도 우승하겠다고 벼르는 경우는 없다.
그러나 삶의 경기에서는 모든 종목에서 우승을 노린다. 천재적 재능을
타고나야 가능한 일임에도 많은 사람이 유감없이 재능을 보여준다. 꼭
이겨내고 그것을 기뻐한다. 그 기쁨을 차지하려면 명심해야 할 것은 단
한 가지. 어떤 방법을 쓰든 이기는 것이다. 그 외의 것은 생각할 필요가
없다. 그게 이기는 것이고 이긴 자에게는 기쁨이 있다.

승자가 있으면 당연히 패자가 있는 법. 누군가는 이겼으니 누군가는 진 것이다. 승자는 그렇다 치고 패자는 누구일까. 경쟁의 시대에 서글픈 패자의 자리는 누가 차지하는 것일까. 태어나면서부터 사람들은 수없는 승부를 치른다. 그렇게 겨루어낸 수많은 승부에서 이기거나 진다. 그들이 이긴 것은 몇 번이었고 진 것은 몇 번이었을까. 나는 몇 번을 이겼고 몇 번을 졌을까. 그 승리와 패배는 삶에 어떻게 남아 있을까.

경쟁사회는 묻는다. 당신의 경쟁력은 무엇입니까? 경쟁력이 없다는 말은 패배한다는 말과 같은 의미이다. 남보다 뛰어나야 하고 평범하지 않아야 한다. 그래야만 살아남는다고 한다. 그래야만 조금이라도 편하고 얻을 게 많다. 불행하게도 나는 특출하지 못하고 평범하다. 특출하기는 커녕, 남을 따라가기도 벅차다. 남보다 강해야 한다는 것, 남을 눌러야 한다는 것, 남보다 빨라야 한다는 것, 그런 것들과는 도대체 친해지지 않았고 노력을 한다고 해도 나의 것이 될 수 없는 것들이었다. 내가 가질 수 있는 것은, 경쟁력이 없다는 그것뿐이었다.

때로는
지더라도

이겨야 하는 이유는 그런 승리들이 삶의 승리를 가져온다고 믿어서이다. 실제로 그렇기도 하다. 살아가면서 벌이는 경쟁에서 연이은 패배를 한다면 인생 자체가 패배한 인생이 된다. 패배한다면 남보다 좋은 직장을, 남보다 윗자리를, 남보다 많은 돈을, 남보다 큰 권력을 가질 수 없다. 이겨야 하는 이유는 분명해진다.

그러나 사는 게 어디 그런가. 이기기보다 지는 쪽에 익숙하고 실제로 승리의 전적보다는 패배의 전적이 더 많은 게 세상살이다. 나는 지방 학교로 진학하면서 좋은 대학교를 가야 하는 경쟁에서부터 진 상태로 출발했고 성적은 하위 그룹에 속했다. 취업 시험은 줄줄이 떨어져서 긴 시간을 백수로 지내야 했다. 간신히 취업을 하니 업무능력이 그리 뛰어난 인재가 되지도 못했다. 돈이라도 많이 벌었으면 돋보이련만 남들은 그렇게 많은 돈을 벌었다는 부동산투자 한번 제대로 해보지 못했다. 그렇다고 다른 재주가 있는 것도 아니어서 받아든 점수는 낙제점이었다.

그런데 신기하다. 남보다 좋은 직장을, 남보다 윗자리를, 남보다 많은 돈을, 남보다 큰 권력을 가지지 못했음에도 크게 불편하지는 않다. 그리고 그럭저럭 살아간다. 물론 럭셔리하지 않고, 폼 나지 않고, 내놓을 것도 없지만 그럭저럭 살아간다. 이건 조금 이상한 일이다. 이기지 않으면 사는 게 고통이라고 하더니 꼭 그렇지도 않은 것 아닌가. 생각해보면 꼴찌 없는 세상은 어디에도 없다. 인재만 뽑아서 최고의 집단을 구성해도 그 속에는 꼴찌가 있다. 경기가 있고 승부가 있는 한 일등이 있고 꼴찌가 있다. 이기는 사람이 있고 지는 사람이 있는 것이다. 사람들은 무슨 일이 생기면 '왜 내가?'라고 자주 묻지만 '그게 내가 되면 왜 안 되는데?'라고는 한 번도 묻지 않는다. 패자의 자리에 내가 서는 게 그렇게 특별한 일은 아니다. 누군가는 나보다 더 많은 패배를 안고 살 텐데 나의 패배만 유달리 아픈 것은 아니지 않은가.

데이비드 캘러헌이 쓴 《치팅컬처》는 제목 그대로 거짓과 편법이 하나의 문화가 되어버린 사회를 보여준다. 그런 문화가 얼마나 횡행하고 있는지 적나라한 모습을 낱낱이 드러내놓는다. 어느 누구도 어느 계층도 어떤 직업도 거짓과 편법의 유혹에 쉽게 빠져든다. 남을 이길 수 있다면 어떤 방법도 가리지 않는다. 인간을 생각하고 규범을 지키고 온정을 갖추면 손해를 보는 건 이미 오래된 일이다.

하지만 뜻밖의 일이지만 그럼에도 패배를 끌어안는 사람은 없어지지 않는다. 누군가는 스스로 손해를 보고 패자가 된다. 수백 년을 이어온 것이 모두 꼭 이기기 위한 것이었을까. 애티커스의 말처럼 그렇지 않을 것이다. 꼭 이기지 않아도 되는 일들도 있었을 것이고 누군가는 계속 지는 카드를 들고 있었을 것이다. 승자의 무리보다 패자의 무리에 자리를 잡는 게 기쁜 경우도 얼마든지 있다. 살아오면서 이긴 기억보다는 진 기억이 더 많은 게 모두의 삶이다. 어느 누가 계속 이기기만 하고 살아왔을까. 그랬다고 한들 그 승리가 항상 마음에 기쁨을 주고 손에 무언가를 넣을 수 있게 하지도 않았다.

패배가 주어진들
어떠랴

삶을 유지하는 한 어떤 종류가 되

었든 승부는 계속될 것이다. 항상 이기기를 바라지 않는다. 때로는 져도 괜찮다. 부끄럽거나 가슴 찔리는 승리가 있다면 그런 승리는 원하지 않는다. 항상 이기기 위해서 사는 게 아니다. 부끄럽지 않고 스스로 기쁘기 위해서 산다. 패배하기 때문에 힘들고 얻는 것도 적을 것이다. 그런들 어떠랴. 이미 많은 승부에서 졌고 지금껏 그렇게 살았고 그런대로 살고 있다. 또 한 번, 다른 종류의 패배가 주어진들 어떠랴.

나는 또 패할 것이다. 그래도 괜찮다. 사람들은 자신이 패배하는 자리에만 서 있다며 불안해한다. 그렇지 않다. 패하지 않는 사람은 없다. 부끄러운 승리를 취하지 않았다면 그때는 패배라고 쓰고 조용히 용기라고 읽으면 된다. 누가 비웃든 말든 인정하든 말든.

《소크라테스의 변명》에서 소크라테스는 자신에게 사형을 언도한 재판이 끝나고 배심원들에게 말한다. "나는 죽기 위해, 여러분은 살기 위해 떠나야 할 시간입니다. 그러나 우리들 중 누가 더 나은 쪽으로 갈 것인지는 신밖에 모를 것입니다." 죽음으로 가는 소크라테스가 볼 때 누가 더 나은 선택을 한 것인지 판단할 수 있는 건 자신의 사형을 결정한 배심원들이 아니었다. 그들의 눈과 선택은 소크라테스의 운명을 판단하기에 한참이나 모자라는 것이었다. 그들은 아무것도 모르기 때문이다. 그 판단을 할 수 있는 것은 신뿐이었다.

누군가는 삶에서 벌어지는 일들을 승부라고 생각한다. 그래서 누가 승자이고 누가 패자라는 판단이 뒤따른다. 그러나 그건 그들의 눈이다. 나의 눈이 아니다. 그들은 그것을 경기라고 생각하겠지만 나는 그저 삶의 한순간이라고 생각할 수도 있다. 누가 졌다고 생각하는 것들은 그들의 판단일 뿐이다. 그들은 내가 아니고 나의 삶을 모른다. 그 판단을 할 수 있는 것은 나뿐이다. 나는 남의 판단이 아니라 나의 삶을 살아가는 중이다. 그들은 나의 삶을 판단할 수 없다.

다르고 싶어,
조금이라도

'3초 백'이라는 말은 길거리를 걷다 보면 3초마다 한 번씩 발견할 수 있다고 해서 어느 명품 가방에 붙인 별명이다. 사회 현상을 단 하나의 단어로 상징성 있게 표현해낸 솜씨가 기발하다 못해 감탄스러울 정도다. 3초라는 말은 지나친 과장일 것이라고, 한번 웃어보자고 만들어낸 별명이겠지 하다가도 거리에 나서면 그 말이 결코 과장이 아님을 알 수 있다. 정말 많은 사람이 같은 디자인의 가방을 들고 다닌다. 몇 걸음 옮길 때마다 눈 한 번 돌릴 때마다 그 가방이 보일 때도 있다.

가방의 입장에서 보면 참 속이 터질 노릇일 것이다. 명색이 명품인데 아니 진짜 명품인데 자기의 꼴이 그렇게 우스운 놀림감이 될 줄 상상이나 했을까. 명품이 명품이라는 이름으로 불리는 이유는 말 그대로 뛰어난 물건이고 이름난 물건이기 때문이다. 그런 물건은 희소성이 있고 품질도 좋다. 값이 비싸지만 그만한 값을 치를 만한 가치가 있다. 아무나 가질 수 없다는 것도 명품이 지니고 있는 가치 중의 하나이다. 자랑스럽게 폼 나게 들고 다닐 수 있는 게 명품인 것이다. 그런데 이름도 멋지고 품질도 뛰어나고 값도 비싼, 그런 가방이 3초에 하나씩 보일 줄이야. 만드는 쪽도 사는 사람도 전혀 생각지 못했을 일이 길거리에서 벌어지고 있다.

명품을 사는 심리적 이유를 설명하는 이론 중에 '파노플리 효과'라는 게 있다. 어떤 물건을 구입하면서 자신이 특정한 집단에 속해 있다는 환상을 느끼는 것이다. 명품을 들고 다니면 자신이 명품을 소비하고 들고 다닐 정도의 계층에 속하는 사람으로 보일 것이라는 심리를 말한다. 커피 값이 밥값보다 비싸다고 투덜대면서도 커피를 마시는 것 역시 마찬가지다. 그런 커피를 마시면 그만한 브랜드의 집단에 자신도 포함될 것이라는 기대감이 소비를 부추긴다. 명품을 들고 다니는 사람마다 서로 다른 이유가 있을 것이다. 여러 이유가 있겠지만 그중에는 파노플리 효과가 주는 기대감이 크다는 걸 부인하기 어렵다. 한마디로 이런 심리적 기대감이다. '나는 달라.'

나는 조금이라도
다르고 싶어

다르다는 건 무얼까. 다르다는 건 특유의 것, 독특하다는 것, 일반적이지 않다는 것을 말한다. 3초 백을 들고 다니는 사람은 '너희들은 이거 없지?' 하고 자랑하고 싶었겠지만 그렇게 할 수가 없게 됐다. 그 가방을 너무 많은 사람들이 들고 다닌다. 3초에 하나씩 보일 정도로 흔해졌다. 특유하지도 않고 독특하지도 않다. 누구나 들고 다니는 순간 명품은 명품이 아닌 공산품의 하나로 추락하고 만다. 공장에서 기계로 찍어내는, 붕어빵처럼 틀에 박힌 물건이 되어버린다. 그 정도가 되면 더 이상 명품으로서 의미는 없다. 명품은 이제 자신만의 것을 잃어버렸다. 그럭저럭 살아내는, 어디서나 볼 수 있는 어느 누군가의 남루한 삶처럼 말이다.

무척이나 복잡다단한 것 같아도 사람의 삶은 정해진 틀에서 크게 벗어나지 못한다. 문명이 발달하고 현대화하면서 사회 구조와 문화는 더 획일적으로 변해간다. 그런 틀 속에서 살아가야 하는 사람들은 빤하다고 해도 좋을 만한 삶을 살아간다. 모두 산부인과에서 태어나고, 중고등학교에서는 죽기 살기로 대학교 진학을 위한 공부를 한다. 대학교를 마치면 취식을 하기 위해 발바닥이 부르트도록 뛴다. 취직을 하고 나면 결혼을 하고 집을 마련하는 데 많은 걸 바쳐야 한다. 아이를 낳으면 아이가 클 때까지 모든 자산과 시간을 투여한다. 그 속에서 늙어가고 그리고 어느 날 삶은 끝난다. 심지어 삶이 끝나는 순간과 그 이후까지, 다들 크게 다르지 않은 삶을 살아낸다. 모두 그렇게 산다고 하지만, 그게 사람 사는 모습이기는 하지만, 너무하다는 생각이 한 번쯤은 들지 않는가? 전혀 다르지 않게 살다가 전혀 다르지 않은 형태로 죽음을 맞이하고 전혀 다르지 않게 사라지는 그 형상들이 당연한 것 같으면서도 왠지 슬프게 여겨진다.

물론 꼭 남들과 다르게 살아야 할 이유는 없다. 주어진 삶을 살아내는 것만으로도 힘겨운 마당에 다르게 살아보겠다고 고민하며 머리 아프게 살 이유가 무어란 말인가. 남들 하는 대로, 남들 걷는 대로 따라서 가다 보면 어딘가가 나올 것이고 그곳이 어디면 또 어떤가. 사람 사는 게

다 그런 것이고 그렇게 살아가는 거 아닌가. 그저 힘들지 않고 별일 없이 살아내면 그걸로 족한 거 아닌가 말이다.

다르게 살아야 할 이유는 없지만 반대의 경우도 마찬가지다. 똑같이 살아야 할 이유도 없다. 어차피 두 번의 기회는 오지 않기 때문이다. 가방은 남들과 다른 명품을 들고 싶어 몸부림치면서 삶은 오히려 남들과 다르지 않게 살아가려 몸부림치는 것은 왜인가. 남들의 삶과 같음에 안도하고 기뻐하는 것은 인생이 가방만큼도 내보일 것이 없다는 것과 같다. '나는 달라'라고 말하고 싶을 때 그 뒤에 따라가는 단어가 가방이기를 바라지 않는다. 그 단어가 삶이기를 바란다. 가방이 아니라 삶을 내보이고 싶다. 이렇게 말하면서. '나는 다르고 싶어, 조금이라도.'

똑같은 크기의 행복을
좇는 우리들

"불행해질 권리를 요구합니다."

"그렇다면 말할 것도 없이 나이를 먹어 추해지는 권리, 매독과 암에 걸릴 권리, 먹을 것이 떨어지는 권리, 이가 들끓을 권리, 내일 무슨 일이 일어날지 몰라서 끊임없이 불안에 떨 권리, 장티푸스에 걸릴 권리, 온갖 표현할 수 없는 고민에 시달릴 권리도 요구하겠지?"

"저는 그 모든 것을 요구합니다."

—《멋진 신세계》 중에서

인공수정으로 똑같은 쌍둥이가 수십 쌍씩 한꺼번에 태어난다. 태어날 때부터 그들에겐 사회 속에서의 계급과 평생 하는 일이 정해진다. 죽을 때까지 그 계급으로 그 일을 하며 산다. 얼굴도 삶도 모두 같다. 완전한 '맞춤형' 인간이다. 삶의 궤도는 정해져 있고 그 길을 따라 걸어가기만 하면 된다. 그들은 불만이 없다. 주어진 대로 살고 주어진 대로 누리다 죽으면 된다. 게다가 평생을 안정적이고 행복하게 살아간다. 다른 계급의 사람도, 다른 일을 하는 사람도 마찬가지다. 고민도 질병도 먹고살 것도 걱정하지 않는다. 일하고 즐기기만 하면 된다. 멋지다. 올더스 헉슬리가 그려낸 소설 속에서 사람들은 안정적이고 행복하다. 삶의 고통이란 건 아예 없고 행복은 같은 방법으로 같은 용량으로 누린다. '멋진 신세계'다.

하지만 안정적이고 행복을 누리며 살아가는 그들이 부럽기보다는 끔찍하다는 생각이 드는 건 왜일까. 같은 얼굴의 사람이 수십 명이나 되고 복사기로 찍어낸 것 같은 삶. 그렇게 살아가는 대가로 제공되는 안정과 행복. 병 속에 갇힌 듯 살아가며 그게 최고의 삶이라고 알고 있는 그들. 같은 인간이지만 외부 세계에서 온 존은 '야만인'이라고 불린다. 야만인 존은 멋진 신세계에 적응하지 못한다. 그 안정되고 행복한 세계를 보면서 구토를 하고 그 삶들을 이해하지 못한다. 결국 존은 소리친다. 나이 먹어 추해질 권리, 암에 걸릴 권리, 먹고살 것을 걱정하는 권리, 내일 무슨 일이 일어날지 불안해할 권리를 요구한다. 안정되고 행복한 '신세계'를 집어던지고 불안과 고통을 달라고 외치는 존을 보며 책을 읽는 우리는 공감한다. '나도 그렇게 생각해, 존의 생각이 옳아.'

그러나 그 공감은 거짓이다. 우리는 항상 똑같이 살아가고 똑같이 행동하고 싶어 한다. 무조건 명문대를 가고 연봉 많은 직장에 들어가고 싶어 한다. 돈을 많이 벌고 싶어 하는 것도 똑같다. 옷이나 가방이 유행하면 거리에는 똑같은 모습들이 즐비해진다. 같은 가방, 같은 옷차림을 3초 단위로 볼 수 있다. 누가 큰 행복을 누리고 있다면 자기도 같은 방법으로 똑같은 크기의 행복을 누리고 싶어 한다. 그게 우리가 생각하는 최고의 삶이다. 안정과 행복이 주어진다면 남과 똑같은 모습으로 살기를 마다하지 않는다. 병 속에 갇힌 듯 복사기로 찍어낸 듯 살아가고 있지만 아무도 불만을 갖지 않는다. 소설 같은 '신세계' 속의 삶을 그렇게도 원하면서 정작 '신세계'의 삶을 거부한 존에게 공감한다는 것은 철저한 이율배반이다.

잠깐이라도
'나'로 살기를 꿈꾼다

다르고 싶었다. 무언가 다르게 살고 싶었다. 나는 나이므로, 죽으면 영원히 사라질 나이므로, 65억 그 많은 사람 중에 하나뿐인 나이므로, 다시 살지 못할 나이므로. 그러므로 달라야 했다. 그러나 나는 전혀 다르지 않다. 다르게 살지 않기 때문이다. 들고 있는 가방이, 지니고 있는 돈의 규모가, 다니는 직장이, 입고 있는 옷이 다르다고 삶이 다른 것은 아닐 것이다. '그 사람 좀 달라'라고 할 때 그가 직업이 특이하다고 다르다고 하지 않는다. 돈이 많다고 다르다고 하지 않는다. 직장이 대단하다고 다르다고 하지 않는다. 삶의 형태가 다를 때, 그때 사람들은 진정 다르다고 한다.

고유한 나로 살고 싶었다. 나만의 결을 만들며 살고 싶었다. 그러나 결국 똑같은 모습으로 살아간다. 그저 하루하루를 버티고 누가 가진 게 더 많은가 곁눈질하고 부러워하고 그런 생각들에 끌려다니며 산다. 끌고 가지 못하고 끌려다닌다. 암에 걸릴 권리를 요구하기는커녕 혹시 암에 걸릴까 두려워 치료비로 쓸 돈을 조금이라도 더 모으려 애쓴다. 먹을 것이 떨어지는 불행을 요구하기는커녕 하루라도 먹을 게 떨어질까 노심초사하며 인생을 다 보낸다. 미래의 불안을 감내하는 건 고사하고 내일도 특별한 일 없이 그리고 아무 일 없이 지나가기를 빌고 또 빈다. 그렇게 살면서 다른 삶을 사는 것은 불가능하다.

긴 시간을 살아내고 끝에 서 있을 때 나를 슬프게 할 것들은 어떤 것일까. 돈이 적어서, 옷을 좋은 걸 못 입어서, 좋은 차를 끌어보지 못해서, 작은 집에 살아서 괴로워하지는 않을 것 같다. 내 나름대로 살지 못해서, 끌려다니며 살아서, 이게 아닌데 하면서도 새롭게 살지 못해서, 결국 그렇게 밀려가듯 살아서, 그래서 아쉬움이 클 것 같다.

원하는 다른 삶의 모습은 아직도 뚜렷하지 않다. 뚜렷한 형태가 없어서 그림을 그리기가 더 어려운지도 모르겠다. 그렇지만 적어도 줄에 묶여서 끌려다니는 것 같은 그런 삶은 아니기를 원한다. 자식으로 부모로 남편으로서 몫은 해야겠지만 그것 아닌 다른 삶을 찾을 수 있기를 바란다. 나만의 것, 내가 좋은 것, 삶이 매달릴 수 있는 것, 마지막 순간에 미소를 떠올릴 수 있는 것, 그런 것을 찾았으면 하는 것이다. 무조건 편한 삶도 아니고 한없는 안락함도 아니다. 자기 방식과 자기 생각대로 살아가는 삶. 스스로 의미와 가치를 부여할 수 있는 그런 삶을 바란다.

담대함이 있었더라면 이미 다른 삶을 살고 있었을 것이다. 그러나 나는 담대하지 못하다. 그런 까닭에 지금껏 살아온 것처럼 앞으로도 남들처럼 살아갈 가능성이 더 클 게다. 그럼에도 꿈꾼다. 아주 늦게라도 잠깐이라도 다르게 살아보기를. 생각대로 끌어가는 삶을 한 번이라도 살아보기를. 나이기에 살 수 있는 삶, 그 모습을 찾기를. 다시 생각을 세우고 다져서 나만의 것을 찾기를 원한다. 원하는 곳에 도달하지 못할 수도 있을 것이다. 그래도 발을 디딘 만큼 아쉬움은 덜하지 않을까. 삶의 끝에서 아쉬움이 덜할 그런 삶을 찾는다. 나는 정해진 계급으로 정해진 일을 하며 살기 위해 만들어진 게 아니다. 나는 만들어진 것이 아니고 태어난 것이다. 나답게 살기 위해서 태어났을 것이다. 그 길을 찾는다. 그리고 걷는다.

고통과 축복의 차이

"나는 1급 신체 장애인이고, 암 투병을 한다. 그렇지만 이제껏 한 번도 내 삶이 천형이라고 생각해본 적은 없다. 사람들은 신체 장애를 갖고 살아간다는 건 너무나 끔찍하고 비참하리라고 생각하지만 그렇지 않다. 이 없으면 잇몸으로 산다는 말이 있듯이 나름대로의 삶의 방식에 익숙해져 그런대로 큰 불편을 느끼지 않고 살아간다. 솔직히 난 늘 내 옆을 지키는 목발을 유심히 보거나 남들이 장애인 교수 운운할 때에야 '아참, 내가 장애인이었지' 하고 새삼 깨닫는다."

어느 잡지와 인터뷰를 하고 받아본 자신의 기사 제목이 '천형 같은 삶…'이었다. 그 제목을 보고 장영희 교수는 불쾌해진다. 남의 삶을 마음대로 천형이라고 부르는 것에 대한 불쾌감이었다. 생후 1년 만에 앓은 소아마비로 다리를 쓰지 못하고, 유방암과 척추암으로 투병을 했다. 암을 두 번이나 이겨냈지만 다시 간암이 발병해 또 투병생활을 해야 했던 힘들었던 삶. 보이는 자체만으로는 '천형 같은 삶'이란 표현이 그리 틀린 것도 아니지만 정작 본인은 그 표현을 받아들이고 싶어 하지 않았다. 게다가 장 교수는 이렇게까지 이야기한다. 남들이 자신의 목발을 유심히 보거나 장애인 교수라고 할 때야 '아참, 내가 장애인이었지' 하고 새삼 깨달았다고.

풀썩 웃음이 나온다. 기가 막혀서 나오는 웃음이다. 다리를 못 쓰는 장애인으로 살면서 장애인임을 모르고 살아간다니. 그 이야기에 어떻게 기가 막히지 않을까. 장 교수의 말은 거기서 끝나지 않는다. '누가 뭐래도 내 삶은 천형이 아니라 천혜의 삶이다'라고 더 기가 막힌 말을 던진다. 자신에게 많은 축복이 있어서 그렇다는 것이다. 개나 소, 말 또는 바퀴벌레가 아닌 인간으로 태어난 축복에 감사한다고 말한다. 부모님과 형제들을 비롯해 주변에 좋은 사람들이 많아서 천운이라고 한다. 학생들을 가르치는, 자신이 좋아하는 일을 직업으로 하고 있으니 이것도 감사한 일이라고 한다. 남의 말을 알아들을 줄 아는 머리가 있고 남의 아픔을 같이할 줄 아는 마음이 있으니 그것 역시 그가 생각하는 천운이다. 그렇게 멋진 세상에서 하루하루를 살아가는 축복을 누리고 있다고 한다.

그 삶을, 소아마비와 암 투병의 삶을 겪어보지 못한 사람으로서 그런 이야기에 대해 이렇다 저렇다 하기는 어렵다. 겪지 못한 일을 단정적으로 말한다면 올바른 판단이 나올 수 없다. 그래서 그게 천형인지 천혜인지는 전혀 알지 못한다. 분명한 건 그 삶이 나의 것이었다면 아마도, 감히, '천혜의 삶'이라고 말하지는 못했을 것이다. 나에게는 천혜가 아닌 천형이 되어 삶 전체를 옭아매어 버렸을 확률이 더 크다. 적지 않은 사람들이 그렇듯 나 역시 작은 상처를 끌어안고 살아가기 때문이다. 버릇처럼 아픈 부위를 들추어내고 뒤적거리며 잠들어 있는 불씨를 호호 불어 더 큰 불로 만들기도 한다. 생각은 그 언저리를 벗어나지 못하고 맴돈다. 파도가 모래사장을 적시는 것처럼 별것 아닌 아픔은 어느 때고 스르르

밀려온다. 스스로를 그 틀에 묶어버리는 것이다.

장애가 축복이었다고
말하는 사람들

"두 눈을 잃고 살면서 너무나 많은 것들을 얻게 됐다. 나는 누구보다 행복하고 축복받은 삶을 살아왔다." 강영우 박사는 어느 날 갑자기 췌장암 선고를 받는다. 전혀 짐작조차 하지 못한 일이었다. 그것도 말기. 세상에서 남은 시간은 그리 많지 않았다. 평생을 시각 장애인으로 살고 뜻밖의 말기 암을 선고받았지만 그는 자신의 삶이 축복받았다고 말한다. 가까운 사람들에게 보낸 마지막 이메일에서는 "주변을 정리하고 사랑하는 사람들에게 작별 인사할 시간까지 허락받았다."고 자신의 심정을 밝혔다. 세상의 시각으로 보았을 때 많은 것을 잃은 사람인 그는 오히려 훨씬 많은 것들을 얻었다고 말한다.

강 박사는 우리나라 최초의 시각 장애인 박사이다. 장애를 가졌지만 그는 미국 조지 W. 부시 행정부에서 백악관 국가장애위원회 정책차관보를 지냈다. 그가 시각 장애인이 된 것은 중학교 시절. 축구공에 맞아 실명을 하게 된다. 아버지는 이미 돌아가신 상태였고, 아들이 실명한 충격으로 어머니도 세상을 뜬다. 부모님 없이 장애인으로 살아가는 세월이 어땠을까는 눈으로 보지 않아도 충분히 짐작이 가능하다. 일반 사람들이 상상하기조차 힘들고 넘어서기는 더 힘들었을 고초를 겪었을 그이지만,

살면서 수없이 세상을 원망했을 그이지만, 뜻밖에도 그는 누구보다 행복하고 축복받은 삶이었다고 말한다. 그것도 '장애 덕분에' 그런 삶을 살수 있었다고. 흔히들 말하듯이 '장애 때문에'가 아니라 '장애 덕분에' 라는 것이다.

일본 마쓰시타 전기의 창업자인 마쓰시타 고노스케 회장. '기업 경영의 신'이라고 불리며 일본에서 가장 존경받는 기업가 중의 한 사람이다. 마쓰시타 회장의 '은혜 받은 세 가지' 일화는 유명하다. 마쓰시타 회장은 자신의 인생에서 은혜 받은 것으로 세 가지를 꼽는다. 가난과 허약한 몸, 그리고 배우지 못한 게 그것이다. 어릴 때 집안이 파산하는 바람에 그는 초등학교도 제대로 마치지 못하고 자전거 점포에서 일을 하기 시작했다. 훗날 그는 570개 기업과 13만 명의 종업원을 이끄는 기업인이 되었지만 그의 삶은 시작부터 가시밭길이었다. 학교도 가지 못하고 일을 해야 했던 초등학생 나이의 어린이가 그 고초를 받아들이기는 쉽지 않았을 것이다.

그럼에도 그는 가난과 허약한 몸과 배우지 못한 것이 자신을 대기업 그룹의 회장 자리에 서게 했다고 말한다. 가난에서 벗어나 잘살기 위해 부지런히 일을 했는데 그것은 집안이 가난했던 덕분이라는 것이다. 늙어서까지 튼튼한 몸을 유지할 수 있었던 것은 몸이 허약한 덕분에 건강이 얼마나 중요한 것인지 일찍 깨달아서라고 한다. 배운 것이 없었던 그는 그 덕분에 세상 모든 사람들을 자신의 스승이라 생각하고 끊임없이 배우려고 노력했다고 말한다. 그 세 가지 은혜가 자신을 키웠다고 한다.

삶의 더 많은 기쁨을
누리기 위하여

지금 나를 둘러싼 많은 것들이 고통이라고 생각하는가. 아니면 축복이라고 생각하는가. 장영희 교수나 강영우 박사, 마쓰시타 회장의 이야기를 듣고 나면 고통이 아니라 축복이라고 대답할 것이다. 그러나 실제는 그렇지 않다. 축복이 아니라 고통이라고 대답할 사람이 더 많다. 나 역시 축복이라고 대답할 자신이 없다. 바꿀 수 없는 현실, 지우기 힘든 여러 아픔들, 그것들을 어떻게 축복이라고 하겠는가.

나를 둘러싼 나의 장애물들은 어떤 것들일까. 그것들은 소아마비, 암투병, 시각 장애에 비하면 어느 정도의 크기일까. 물론 상처와 고통을 절대적 크기의 잣대로 재는 것은 옳지 않다. 상처는 상대적인 것이다. 사람마다 느낌의 크기가 다르고 받아들이는 폭의 크기도 다르다. 아픔을 느끼는 부위도 다르다. 누구에게는 상처인 것들이 누구에게는 아무 일도 아닌 것이 되기도 한다. 그래도 굳이 크기를 따져본다면 나의 상처들은 어떤 크기일까 궁금하다. 정말 큰 아픔에 시달리고 있었던 것일까. 작은 아픔들에 매달려 공연히 필요 이상으로 집착하고 있는 것은 아닐까. 나는 정말 넘어서기 어려운 일들에 힘들어하고 있는 것일까. 아니면 넘어설 생각도 없으면서, 일부러 넘어서지 않으면서, 장애를 스스로 만들어내고 있는 것은 아닐까.

장영희 교수도, 강영우 박사도, 마쓰시타 회장도 자신의 삶에 괴로워했다. 장 교수는 암에 걸렸음을 알고는 자신이 신에게 불운의 대상으로 선택되었다는 것에 화가 났다고 쓰고 있다. 자신의 노력만으로 이길 수 없는 싸움을 해야 한다는 게 불공평했고, 건강하다는 이유 하나만으로 자신에게 우월감을 느낄 사람들이 미웠다고 한다. 강영우 박사는 실명을 하고 부모와 누나를 잇달아 잃으면서 자신에게 왜 이런 재앙이 닥치는지 좌절했다고 한다. 제발 눈을 뜨게 해달라고 기도하고 또 기도를 했다. 애타는 기도에도 다시 시력을 되찾을 수는 없었다.

삶 전체를 흔들어놓은 불운이었지만 그들은 불운에 매달려 고민하고 울지 않았다. 천형이라고 부를 만한 것들을 거짓말처럼 천혜로 바꾸었다. 그들이 바꾼 것은 그 상황이 아니었다. 사람의 힘으로 바꿀 수 없는 것은 그대로 두고 자신이 바꿀 수 있는 것을 바꾸어버렸다. 그들이 바꾼 것은 문법이었다. '때문에'라고 말하는 일반적 문법 대신에 그들은 '덕분에'라고 바꾸어 말했다. 세상의 모든 불행을 품었지만 '불행'이라 말하지 않고 '은혜'라고 말했다.

주어진 한평생을 살아가는 것은 누구나 똑같다. 주어진 시간만큼 아픔을 품어야 하는 것도 같다. 크기는 다를 수 있겠지만 아픔을 느끼는 것은 다르지 않다. 그러나 아픔을 대하는 방법은 모두 다르다. 아픔을 표현하는 자신만의 문법도 서로 다르다. 누구에게나 있을 아픔을 혼자 고통스러운 듯 안달복달하는 게 나의 문법이었다. 상황이 바뀌지 않을 것이라는 걸 뻔히 알면서도 그 상황을 원망하기만 했다. 바꾸어야 할 것은 상황이 아니라 문법이었다. 바꿀 수 없는 것은 어쩔 수 없으니 바꿀 수 있는 것을 바꾸면 될 것이다.

이것 때문에 혹은 저것 때문에 어쩔 수 없이 이렇게 살고 있다고 말하는 사람은 어디에나 있다. 그들은 주어진 시간들을 마무리하고 세상을 떠나는 순간에도 그것 때문에 이렇게 살 수 밖에 없었다고 말할 것이다. 그 모습이 나의 것이라면, 그게 진정 내가 살고 싶은 삶일까? 별것 아닌 작은 아픔들에 자신을 묶어버리려 할 때마다 장영희 교수의 말을 떠올려보자. '아참, 내가 장애인이었지.' 얼마나 멋진 말인가.

내가 살아온 나날은 어쩌면 기석인시도 모른다. 힘들어서, 아파서, 니무 짐이 무거워서 어떻게 살까 늘 노심초사했고 고통의 나날이 끝나지 않을 것 같았는데, 결국은 하루하루를 성실하게, 열심히 살며 잘 이겨냈다. 그리고 이제 그런 내공의 힘으로 더욱 아름다운 기적을 만들어갈 것이다. 내 옆을 지켜주는 사랑하는 사람들, 그리고 다시 만난 독자들과 같은 배를 타고 삶의 그 많은 기쁨을 누리기 위하여….'

—《살아온 기적 살아갈 기적》 중에서

행복은
만들어내는 것

행복은 당신이 유능해지고 싶은 다른 분야와 마찬가지로 연습이 필요하다. 목수는 톱을 갈고 연장을 좋은 상태로 보관함으로써 유능한 목수가 될 수 있다. 그는 반복 연습을 통하여 기술을 연마한다. 더 많이 연습할수록 더 좋은 목수가 된다.

—《행복 연습》 중에서

그건 그렇게 시작되었다. 기분 좋았던 초여름의 어느 날. 보기 드물게 화창했던 날씨. 시리도록 푸른 하늘. 하루의 휴가. 영화관. 회색빛 스크린. 갑자기 몰려온 답답함. 가슴을 쥐어짜는 것 같은 고통. 혼란스러운 머리. 뛰쳐나온 극장.

후배와 함께 시내로 영화를 보러 간 날이었다. 오후의 극장은 한적했고 개봉한 지 얼마 안 된 영화였지만 평일 오후라 그런지 자리는 꽤 비어 있었다. 스크린은 처음부터 시종일관 뿌연 회색빛에 덮여 있었다. 스크린에는 눈보라가 몰아치고 폭풍이 세차게 불고 한파가 몰려왔다. 며칠 동안 쉬지 않고 내리는 장대비. 거대한 해일은 대도시를 사정없이 덮친다. 온통 부서지고 넘어지고 물에 잠기고 재해에 쫓기는 사람들. 햇빛을, 밝은 하늘을 전혀 보여주지 않는 스크린. 답답했다. 그런 영화라는 걸 알고 왔지만 기분이 좋지 않았다. 영화가 중간을 조금 넘겼을 즈음 가슴이 쥐어짜는 듯 죄여 왔다. 영화 속 태풍이 머릿속으로 몰려오기라도 한 듯, 그 세찬 바람이 머릿속을 사정없이 헝클어놓기라도 한 듯 혼란스러워졌다. 빠른 걸음으로 영화관 복도로 나왔다. 심호흡을 크게 몇 번 하고 밝은 빛을 보니 상태가 좋아졌다. 뒤따라 나온 후배가 왜 그러냐고 마저 보자고 했지만 그럴 만한 상태는 아니었다.

거기서 끝나지 않았다. 열흘쯤 지난 휴일, 별일도 아닌 걸로 아내와 작은 의견충돌이 있었다. 가끔 있는 일이었다. 아내의 말이 답답하게 느껴졌다. 가슴이 답답해졌다. 이럴 땐 바람을 쐬고 시원한 공기를 접하는 게 도움이 된다. 아파트 뒤뜰로 나와 천천히 걷기 시작했다. 답답한 가슴은 풀리지 않았다. 오히려 더 증상이 심해졌다. 심하게 체한 듯이 가슴은 꽉 막혔고 머릿속은 실타래처럼 헝클어졌다. 걷던 자리를 돌고 돌고 또 돌았다. 왜 이러지. 나아지겠지. 왜 이러지. 나아지겠지. 왜 이러지. 나아지겠지. 상태는 좋아지지 않았다. 조금도 진전이 없었다. 꽉 막힌 가슴, 터질 것 같은 머리. 머릿속에서 자동차 엔진이 고속으로 돌아가는 것 같았다. 덜컥 겁이 났다. 이러다 돌아버리기라도 하는 게 아닐까.

그날 그렇게 마음이 흐르는 길이 막혀버렸다. 물처럼 자연스럽게 흘러야 할 마음은 그렇게 예고도 없이 사정도 없이 막혀버렸다. 흘러내리지 못하고 몸속에 갇힌 그것들은 심신을 자근자근 짓눌렀다.

누르고 눌러두었던
삶의 폭탄들

왜, 무엇이, 마음이 흐르는 길을 막아버렸을까. 간신히 추스르긴 했지만 증상이 없어진 것은 아니었다. 산사태로 쏠려온 쓰레기들이 물길을 막아버렸고 둑이 터질까 봐 조그만 구멍을 내어 간신히 물이 쫄쫄쫄 흐르게 만들어놓은 상황이었다. 겨우 버티고 있는 중이었다. 이유는 알 수 없었다.

나중에 몇 년의 시간이 지나고 다시 생각해봐도 이유를 딱히 집어내기 어려웠다. 그 원인은 아마 그때까지의 삶 그 자체가 아니었을까 하는 생각을 했다. 아이엠에프라는 외환위기를 건너고부터 항상 불안했던 생존의 문제. 언제 다른 일을 찾아야 할지 모른다는 초조함. 내성적이고 소심한 성격. 강박증과 크게 다를 바 없는 쓸데없는 집착. 홀로 있는 것 같은 소외감. 이런저런 생각으로 가득 찬 머리. 마음대로 되지 않는 세상살이. 터놓고 말할 곳도 마땅치 않았던 현실. 터뜨려버릴 방법조차 몰랐던 삶의 폭탄들. 꾹꾹 담아놓았던 그것들이 폭탄이 되었으리라. 시한폭탄처럼 호시탐탐 시점만 노리다 결국 그날 터져 나왔으리라. 약한 지표면을 뚫고 마그마가 시뻘건 불길을 터뜨리듯이.

그 상태로 그냥 살아가기는 힘들었다. 당장 억눌러놓기는 했지만 언제 또 그런 일이 벌어질지 모를 일이었고 또 그런 증상이 찾아올까 두려웠다. 병원을 찾아가려니 어느 병원을 가야 할지 알 수가 없었다. 정신과를 가자니 내키지 않았고 안 가자니 꼭 가야 할 것만 같았다. 어떻게든 풀어낼 방법을 찾아야 했다. 병원이 아닌 수련원을 가보기로 했다. 후배가 소개해준, 명상 공부를 한다는 곳을 찾아갔다. 학문적, 사회적, 과학적으로 입증할 수 없고 믿음이 가지 않는 사설 수련원 역시 마음이 내키진 않았다. 이런 걸 정말 믿어도 되나 하는 마음이 앞섰다. 그러나 호되게 당한 뒤라 무슨 수든 써봐야 했다. 지푸라기라도 잡아야 강을 건너든 가라앉지 않는 방도가 생기든 할 것 아닌가.

넉 달 동안 명상 비슷한 공부를 하면서 의외로 꽤 도움을 받았다. 예전보다 한결 편해졌고 부드러워졌다. 또 겪게 되지 않을까 두려웠던, 가슴을 쥐어짜는 증상과 태풍이 몰아치듯 혼란스런 증상은 다시 나타나시 않았다. 잠도 잘 잘 수 있었고 마음이 가벼워졌으니 그것만으로도 고마웠다.

수련원에서 배운 것을 혼자 해봤지만 쉽지 않았다. 명상이 제대로 되지도 않고 깊이 빠져들지도 못했다. 그렇다고 그냥 있자니 혹시나 하는 두려움이 생겼다. 전에 겪었던 그런 증상을 또 경험하고 싶지는 않았다. 어떤 방법이든 찾아야 했다.

그때 눈에 들어온 게 책이었다. 마음이 힘들 때 책 속의 어느 한 문장에 짐 하나를 덜어내던 기억이 새삼 떠올랐다. 가슴에 내려앉는 어느한 구절이 막힌 벽을 뚫어놓듯 가슴을 시원하게 만들어주던 느낌은 또어떤가. 비용도 많이 들지 않고 득실을 따져봐도 손해 볼 것 없는 선택이었다. 거기서 위안을 찾을 수 있다면, 마음을 다스릴 방법을 찾을 수 있다면 좋을 것이라는 현실적인 계산이었다.

행복이 연습으로
가능하다고?

숲 속으로 들어가는 겁니다. 구멍을
파고 그 앞에 앉아 있으세요. 마음속에 살고 있는 미움, 원한, 죄책감,
분노를 전부 내어놓으세요. 그것들을 그 구멍에 내려놓고, 다시 덮은
뒤 마음속에 그런 것들을 없애고 다시 오세요.

—《행복수업》 중에서

'행복 연습'. 집에 있는 책들을 뒤져보다가 꺼내든 책은 그런 제목을 머리에 이고 있었다. 작고 두께도 그리 두껍지 않았다. 읽기에 전혀 부담이 없는 두께였다. 언제 샀는지 누구에게 빌려왔는지 아무런 기억이 없는 책이었다. 이걸 읽어야 하나. 보아 하니 처세술 비슷한 것 같은데 시간 들여서 볼 필요가 있을까. 책을 들고 한참을 갸웃거렸다. '행복을 연습한다고? 웃기지 마. 세상에 그런 게 어디 있어. 그렇지만 지금 내가 상태가 별로 안 좋고 이 모양 이 꼴이니 한번 읽어주지.' 그런 정도의 말을 속으로 하면서 책을 폈다.

특별히 무언가를 얻고자 하지 않았고 머리를 차분히 가라앉히려는 방편으로서의 선택이었다. 행복이라는 개념조차 아니 그런 단어의 개념조차 몰랐던 사람에게 '행복 연습'이라는 제목은 웃기는 것이었다. '행복이라는 게 뭐야. 그게 실체가 있는 건가. 그게 떡이나 밥을 주기라도 하나.' 책이나 좀 팔아보려고 사람들이 혹할 것 같은 제목을 붙였으리라는

추측을 하며 책을 폈다.

나는 몰랐다, 그때까지도. 산다는 것은 계속되는 연습일 수도 있다는 것을. 산다는 것은 끊임없이 돌을 밀어 올리는 시시포스와 같다는 것을. 알고 있었던 것은 세월이 흐르는 대로 떠밀려가며 사는 것, 그것이었다. 헉헉대면서, 욕을 하면서, 불쾌한 일이 이어져가는 것이 당연한 삶의 형태라고 생각하며 사는 것이었다. 산다는 것은 어떤 일이 생기면 그만큼 불편해하며 사는 것이라고만 알았다. 그걸 삶의 모습으로 알았다. 책은 그렇게 말하지 않았다. 행복은 연습이라고 했다. 행복을 연습하라고 했다. 내면에서 올라오는 소리를 들으라고 했다. 행복을 연습하다니. 그게 축구나 배구나 수영이나 당구를 배우듯이 연습으로 되는 것일까? 행복이란 게 사람이 소유할 수 있는 것이라는 말인가? 의문부호를 떠올리면서도 고개는 조금씩 끄덕여졌다. 가슴이 죄여오는 혼란과 고통을 겪기 전에는 웬 개뼈다귀 뜯는 소리냐며 픽 웃어주고 돌아섰을 게 분명했다. 그런데 고개를 끄덕이고 있었다. '그래, 그럴지도 몰라. 그럴 수도 있을 것 같아.'

별것 아닌 이야기들이 가슴속으로 들어왔다. '여행을 가다가 타이어가 펑크 나는 바람에 여객선을 놓쳤다. 기분이 좋지 않았다. 시간이 남게 되어서 부두를 산책하다 마음에 드는 요트와 그 주인을 우연히 만났다. 여객선을 놓친 덕분에 탐나는 요트의 주인이 되었고 훌륭한 친구를 만났다. 내 인생 최고의 일 중 하나였다. 삶에서 나쁘기만 한 일은 없다.' 예전 같으면 이런 이야기들은 얼토당토 않는 것이었다. 그런데도 그럴 수 있겠다는 생각이 드는 것은 스스로도 뜻밖이었다. 아, 그럴 수도 있겠구나. 예전과 다르게 전혀 다른 생각을 선선히 받아들였다. 이런 생각도 있구나. 이런 세상도 있구나. 말도 안 될 것 같은 말들이 가슴에 자리를 잡으면서 가벼워졌다. 편해졌다. 예전에는 상상도 할 수 없는 새로운 땅의 발견이었다.

평온한 마음은
공기처럼 공짜가 아니다

생각해보니 삶은 끊임없는 연습이었다. 행복도 연습이었다. 도저히 편안해질 수 없는, 도저히 행복해질 수 없는 순간은 누구에게나 찾아온다. 악어가 우글거리는 늪처럼, 넘을 수 없는 높은 산처럼, 삶의 앞길을 가로막고 있는 고갯길은 누구에게나 있다. 그동안 늪 속에서 악어를 상대로 승산 없는 싸움을 하고 있었다. 아무리 많은 악어를 처치한다고 해도 또 다른 악어가 몰려올 것이라는 걸 몰랐다. 악어와 싸우기보다는 늪에서 나오려는 노력을 해야 했다. 그러나 그 늪에 있는 게 당연하다고 생각을 했다. 그 늪에서 벗어나 다른 길을 찾으려는 생각은 아예 하지도 않았다. 악어는 끝없이 몰려왔고 결국은 악어의 먹이가 되었다.

해야 할 것은 악어를 이기는 싸움이 아니라 늪에서 빠져나오는 연습이었다. 몇 번씩 현관 자물쇠를 확인해야 하는 강박증이 있다면 조금씩 습관을 바꾸어 횟수를 줄이는 연습이라도 해야 했다. 강박에 신경 쓰는 자신을 탓하며 괴로워할 일이 아니었다. 웃음을 잃었다면 웃을 수 있는 마음을 만들어야 했다. 날마다 찌푸리고 살아가는 건 늪 속에 스스로를 던져놓는 것과 같았다. 미래가 불안하다면 불안에 맞설 방법을 찾아야 했다. 불안 속에서 혼자 허우적거리는 것은 쓸데없는 짓이다. 그래도 마땅한 방법을 찾지 못한다면 될 대로 되라고 소리치는 담대함도 가끔은 필요하다. 전전긍긍하며 마음을 불쏘시개 삼아 몸을 태우는 것보다는 그게 더 나은 선택이다.

행복은 입을 벌리고 있으면 나무에서 뚝 떨어지는 과일이 아니다. 평온한 마음은 공기처럼 공짜가 아니다. 행복한 사람이 부러움을 받는 건 그렇게 되기 어려워서이다. 가볍고 평온한 마음 역시 그냥 손에 들어오지 않는다. 행복도 마음의 평온도 값이 비싸다. 돈이 많아도 살 수 없다. 연습만이 그것을 가능하게 만든다. 몸의 연습, 마음의 연습을 해야 한다. 행복과 삶은 끊임없는 연습이라는 값을 치러야 얻어진다.

오늘도 삶을 연습한다. 연습하려고 노력한다. 실패로 끝나는 경우가 더 많지만 그래도 멈추지 않는다. 열 번의 시도로 한 번을 웃을 수 있다면 언젠가는 두 번, 세 번 웃는 때가 있을 것이다. 그 순간이 아무리 늦게 온다고 해도 경험조차 해보지 못하는 것보다는 낫다.

일 년 뒤에는
별것 아닐 일들

"범불안장애 입니다." 의사는 자기도 개운치는 않지만 그렇게 진단을 내릴 수밖에 없다는 표정으로 말을 했다. 자판을 두들겨 처방전을 만든 의사는 의자를 돌려 앉으며 "마음을 좀 편하게 먹으세요." 한다. "가끔 산책도 하시고 스트레스 받지 않게 신경을 쓰세요." 의사의 말을 뒤로하고 진료실을 나섰다.

몇 주 전부터 머리가 아팠었다. 머리가 지끈지끈하고 멍멍해서 그런가보다 했는데 좀처럼 사라지지 않았다. 예전에는 없던 증상이라 그저 그러다 멈추려니 하는 생각에 무시하고 생활을 했다. 머리가 아픈 건 시작일 뿐이었다. 어지럼증도 나타나면서 증상은 한층 심해졌다. 몸이 그래서인지 마음은 뭔가에 쫓기는 듯하고 심한 피로에 불쾌감이 함께 왔다. 어느 날인가, 일을 하고 있는 도중에 견디지 못할 정도로 머리가 아파왔다. 당장 머리가 깨질 것 같은 느낌이었다. 억지로 진정을 시키고 시간을 내서 병원으로 달려갔다.

며칠 간격으로 진료를 하고 의사가 내린 판단은 범불안장애였다. 범불안장애? 그게 뭐지? 뭐 그런 병이 다 있나. 속으로 하는 말을 듣기라도 한 듯 의사는 자세히 설명을 해줬다. 말 그대로 일상생활 속에서 불안을 느끼기 때문에 범불안장애라고 한다. 특별한 원인은 없고 현대인들은 심리가 불안해서 매사 걱정을 많이 하는데 그게 지나치면 병으로 발전이 되는 거다. 괜히 마음이 쫓기는 것 같고 두통에 어지러움이 함께 온다. 약을 먹으면 금방 좋아지니 큰 걱정 마라.

약을 먹으니 얼마 지나지 않았는데도 증상이 금세 가라앉았다. 머리를 깨뜨릴 것 같던 두통도 가셨다. 살 것 같았다. 신기해서 어떤 약인지 찾아봤다. 신경안정제. 약을 목구멍으로 넘기면서 그런 생각을 하곤 했다. 내가 정신병인가. 왜 신경안정제를 먹으니 상태가 좋아지는 걸까.

그 많은 불쾌감은
어디로 갔을까

신경안정제를 먹는다는 말은 어디가서 입 밖으로 내기 어렵다. 연민이나 조언보다는 의문의 말을 먼저 듣기 십상이다. 호기심과 의혹의 시선도 따라온다. 어느 자리에선가 무심코 그 이야기를 했을 때 누군가 이렇게 대꾸를 했다. "요즘 정신병자 아닌 사람 있나?" 자기도 강박증으로 약을 먹고 있다며 대수롭지 않다는 듯 말을 한다. 그러고 보면 세상살이에 또는 세상의 것들에 쫓기지 않고 사는 사람은 없는 것 같다. 이 피곤한 시대에 누군들 마음 편하고 여유롭게 살 수 있을까.

세상의 모든 것들이 우리를 옥죈다. 아침부터 저녁까지 주변에서 일어나는 일들은 모두 신경을 곤두서게 만든다. 화난 얼굴의 후배는 출근길 버스기사 욕을 한다. 출근길에 버스가 덮치기라도 할 것처럼 차 앞으로 난폭하게 끼어들었다고 한다. 당당하기까지 한 버스기사에 더 화가 나고 기회를 놓칠세라 버스 뒤를 바로 따라 들어오는 승용차에 또 화가 난다. 속이 끓는지 아침부터 이미 터질 것처럼 보인다.

점심 먹은 후에는 차를 마시겠다던 누군가가 티백 담아 놓은 머그잔을 바지에 쏟는다. 물은 여지없이 바지를 적시고 흘러내린다. 이런 젠장, 불현듯 한마디가 튀어나온다. 물에 젖은 바지는 축축하게 젖고 한가한 오후를 즐겨보려던 마음은 순간에 불쾌함으로 바뀐다. 저녁 약속에 늦은 친구는 일이 늦게 끝났다며 인상을 찌푸린다. 같이 업무를 보는 연관 부서에서 게으름을 피우는 탓에 일이 늦어졌다고 한다. 다른 사람들이 모두 퇴근하고도 한참 더 지나서야 나왔다는 것이다. 예정에 없는 늦은 퇴근에 부아가 나서인지 기분 나쁜 표정이 풀리지 않는다.

하루 일을 마친 퇴근길에는 짜증이 몸을 짓누른다. 아침 출근길과 점심시간의 불쾌함, 퇴근 무렵의 속 쓰림이 여전히 몸을 휘어 감는다. 하루가 끝나가고 있는데 하루의 시작점에서부터 계속된 불쾌감은 몸에 그대로 남아 찐득하게 달라붙어 있다. 잠자리에 들 때까지도 여전히 사라지지 않는다. 그렇게 재수 옴 붙은 하루가 지나간다. 우리들 인생의 하루가 그렇게 지나간다.

하루만 그렇게 지나갔을까? 그날은 단지 하루라고 생각하지만 그건 하루가 아니다. 그 하루가 모여서 몇 날, 몇 달, 몇 년이 된다. 그렇게 오랜 시간 쌓아놓은 짜증과 불쾌함은 어디에 숨어 있을까. 알아서 하늘로

날아가거나 땅으로 꺼질 리는 없을 테고 몸속에 마음속에 그대로 담겨
있으리라. 축적된 것들이 배설되지 않고 있으니 언젠가 쏟아져 나올 것
은 당연한 일. 그것들은 드디어 모습을 드러낸다. 범불안장애라는 이름
으로. 신경안정제를 먹어야 하는 질병으로.

어느 시대 누구나 겪는
작은 일상일 뿐

삶이 우리가 원하는 모습 그대로 되기
란 극히 드물고, 다른 사람들도 우리가 원하는 대로 행동하지 않을 때
가 자주 있다는 사실입니다. 매순간 나타나는 삶의 모습에는 우리가 좋
아하는 것도 있고 우리가 좋아하지 않는 것도 있습니다. 언제나 이 세
상에는 나와 의견을 달리하는 사람, 나와는 다른 방식으로 일을 처리하
는 사람, 그리고 제대로 풀리지 않는 일들이 있게 마련입니다. 만약에
이 모두와 맞서 싸우기로 마음먹는다면 우리는 아마 싸움을 벌이다 삶
의 대부분을 허비하고 말 것입니다.

—《사소한 것에 목숨 걸지 마라》 중에서

《사소한 것에 목숨 걸지 마라》의 저자는 말한다. 그저 사소한 것일 뿐이
니 사소한 것에 목숨 걸지 마라. 저자는 100가지의 이야기로 풀어나간
다. 일상의 이야기, 살아가면서 수없이 마주치는 것들에 관한 이야기들

이다. 이야기 중에는 정말 사소한 것도 있고 삶의 형태를 다시 생각해야 하는 것도 있다. 물론 사람에 따라 선뜻 수긍하기 어려운 것들도 있다. 저자는 등을 도닥거리듯 말한다. 사소한 일로 너무 심각해지지 말라고. 사소한 일로 쓸데없이 고통스러워하지 말라고. 그러나 사람이 어디 그런가. 그 사소한 것들이 하루의 전부일 때도 있다. 그 사소한 것들이 주는 고통으로 어느 날인가를 꽉 채우기도 했을 것이다. 진짜로 목숨이라도 건 것처럼.

어느 하루에 일어났던 일들은 그날만 일어나는 일들이 아니다. 그 모든 것은 늘 마주치는 것들이다. 그게 살아가는 모습이고 일상이다. 매일 마주치고 겪는 일상은 쌓이고 쌓여 삶을 만들어 나간다. 일상은 곧 삶 자체이다. 그런 일상과 매일 싸우려 한다면 살아가는 시간 전부를 싸우며 살아야 한다는 것과 같다.

천 년도 훨씬 이전에 신라시대 서라벌 길거리에서도 어떤 마차가 지게꾼을 밀치고 지나갔을 것이다. 아침에 버스가 출근하는 사람의 차를 밀쳐내듯이. 차를 한잔 마시려던 조선시대 어떤 선비가 차를 엎질러 솜바지를 적셨을 수 있다는 상상 역시 가능하다. 옆자리 동료가 점심때 차를 쏟았듯이. 일이 늦어서 밤늦게 퇴근을 했던 회사원이 구한말에도 있었을 것은 당연한 일이다. 친구가 그랬던 것처럼.

그건 언제나 있는 일이다. 어느 시대나 어느 누구나 겪는 작은 일상일 뿐이다. 지금 이 시간을 살고 있는 나만 겪는 일이 아니다. 그럼에도 그 작디작은 일상은 나를 지배했다. 옴짝달싹하지 못할 정도로 옭아매었다. 아니 일상은 나를 옭아맨 적이 없다. 그냥 있었을 뿐이다. 신라시대에도 조선시대에도 구한말에도 그냥 그 자리에 존재하고 있었다. 그 일상을 덫이라 여기고 괴로워한 것은 바로 나 자신이었다.

끼어든 버스가, 바지를 적신 물이, 늦은 퇴근이 인생을 위협하지 않는다. 그럴 만한 존재도 사건도 아니다. 그건 사소한 일인 것이다. 그런데 그 작은 것들에 지배당하고 있다. 아침 출근길부터 욕을 하고 속을 태우고 화를 낸다. 싸움도 서슴지 않는다. 결국 사소한 일들에 삶을 지배당한다. 둘러싼 일상이 모두 칼이 되어버렸지만 그것들은 처음부터 칼이 아니었다. 그 길을 만들고 칼날 위에 선 것은 자청한 일이었다.

어디선가 들려오는 근거 없는 비난, 쉴 틈 없이 몰려오는 업무, 비싼 값에도 맛없는 음식, 주변 사람들과의 갈등, 속을 긁어대는 말, 데일 듯이 쏟아지는 햇볕, 온몸이 얼어붙을 것 같은 추위, 데이트 하는 날의 소낙비, 아내의 잔소리, 마음에 들지 않는 친구, 자꾸 꼬이는 업무…. 하루도 빠짐없이 일어나는 이런 일상, 그 모든 것과 싸우며 살아갈 텐가. 앞에 끼어든 차를 선선히 보내준들 큰 손해가 있는 것도 아닐 것이다. 젖은 바지는 시간이 지나면 마를 것이고 퇴근이 늦는 날이 있으면 퇴근을 빨리 하는 날도 있을 것이다. 그건 그저 작고 사소한 일일 뿐이다. 그럼에도 그 모든 것에 반응하고 대응하려 한다. 그것도 온몸과 감정으로 맞서려 한다. 이기지 못할 것은 자명한 일이고 대가는 두통과 어지러움과 초조함이다.

모든 것은
사소하다

"이런 일이 있는데 걱정이라고 조언을 청하면 그 선배는 이렇게 말을 해요. '걱정은 무슨, 그거 별거 아니야. 일 년이 지난 뒤에는 지금 무슨 일이 있었는지 생각도 안 날걸. 일 년 뒤라고 생각해보면 별거 아니야.' 그런데 신기한 건 진짜 그런 거 있죠. 마음이 편해진다니까요."

무심코 듣던 라디오에서 들려오는 말이다. 그 말처럼 지금 눈앞에서 벌어지고 있는 일들의 대부분이 일 년 뒤에는 기억조차 나지 않을 것이다. 책의 저자도 그렇게 말한다. 지금 벌어진 상황들이 일 년 후에도 나에게 중요할지 생각해보라고. 일 년 뒤. 고작 일 년 뒤에, 아니 빠르면 한 달이나 한 주 뒤에는 생각도 나지 않을 일들로 고민을 하고 화를 내며 살아간다. 웃자고 하는 이야기에 죽자고 덤벼드는 식으로 날마다 살아가는데, 그런데 힘들지 않다면 그게 오히려 이상한 일이다.

모든 것은 사소하다. 일상은 사소한 것들로 이루어져 있고 중요한 일은 그렇게 많지 않다. 사소한 일들에 목숨을 걸고 살아가는 건 제 살을 깎아 먹고 정신을 흔들어놓는 일이다. 사소한 것은 사소하게 흘려보내야 한다. 정말 중요한 건 순간의 감정에 휩쓸려 스스로를 불안하게 만들지 않는 것이다.

"당신은 언제 죽을 것 같나요? 50년 후? 20년 후? 10년 후? 5년 후? 아니면 오늘? 지난번에 내가 그런 질문을 던졌을 때, 그 누구도 대답하지 못했습니다. 나는 종종 뉴스를 듣다가 이런 생각을 합니다. '일터에서 집으로 가다가 교통사고로 죽은 그 사람은 자기 가족에게 얼마나 사랑하는지 전했을까? 인생을 잘 살았을까? 사랑을 충분히 했을까?' (…) 진실은, 아무도 우리가 얼마나 살 것인지 모른다는 것입니다. 그러나 마음 깊은 곳에서 하고 싶어 하는 일들을 계속 미루고만 있습니다."라고 쓴 저자는 비행기를 타고 가던 중 폐색전이 발작해 현장에서 숨을 거두었다. 그는 스스로에게도 그런 질문을 던졌을까? 그 질문에 대답을 했을까?

우리가 정작 매달려야 할 것은 사소한 것들이 아니라 이런 질문들이다. 사소한 것에만 매달려 살다가 뜻하지 않은 순간이 온다면 중요하고 소중한 것들은 아무것도 하지 못한 상태로 삶을 마감해야 한다. 당신은 그런 이야기의 주인공이 되고 싶지 않을 것이다. 누구나 마찬가지다.

조금 느리게 그러나 뜨겁게

언제부턴가 내 안에
비겁이 산다

길을 가다 불의가 벌어지는 현장을 보았다. 어떻게 해야 할까. 망설일 거 없다. 간단하다. 일단 주먹을 그러쥔다. 그다음엔 눈을 질끈 감는다. 그리고 과감해야 한다. 과감하게 못 본 척하고 돌아선다. 가던 길을 지금보다 더 빨리 가거나 다른 길로 돌아간다. 하루를 별일 없이 보내는 좋은 선택이다.

살아가는 방법은 참 간단하다. 피하고 도망가면 된다. 그러면 편하다. 일신상의 안전을 확실하게 보장받을 수 있다. 아니 보장받는 게 아니라 스스로 지킨 것이다. 침범당해선 안 될 나의 안전을 말이다. 분노는 아무 곳에서나 터뜨리는 게 아니다. 별일이 아닌데도 이유 없이 분노하는 건 소인배나 할 짓이다. 마음 씀씀이가 좁고 간사한 소인배들이나 사건건 분노를 한다. 아량이 넓고 관대한 대인배는 함부로 분노하지 않는다. 분노를 해야 하는 시기는 명확하다. 그건 나의 이익이 침범당했을 때이다. 털끝만큼도 손해 보면 안 되는 나의 이익이 조금이라도 피해를 본다면 그때는 분노해야 한다. 떨쳐 일어나 나의 것을 지켜야 한다. 그게 분노를 터뜨려야 하는 확실한 이유다.

누구나 그렇게 살아가지 않는가? 생존과 돈이 모든 것을 틀어쥐고 흔들어대는 세상 속에서 그런 현실 속에서 살아가는 모습들은 비슷비슷하지 않은가? 절대 명제는 살아남는 것이고 풍족하게 사는 것이다. 그런 구도 속에서 개인이 할 일은 별로 없다. 어느 곳에서든 생존하고—말은 그럴 듯하지만 어떻게든 버티면서 밥그릇을 지킨다는 뜻이다—돈을 많이 버는 게 지상 최고의 목표가 된다. 별다르지 않게 살아가는 사람의 하나로서 불의를 보고 돌아서는 게 큰 잘못은 아니다. 잘 살고 있다고는 못해도 그렇게 사는 게 잘못 사는 건 아니다. 그런대로 잘 살고 있다는 평가가 가능하다.

청춘 시절의 작은 분노, 작은 뜨거움

1980년대를 가로지르던 그 시절. 학교 앞은 하루가 멀다 하고 최루탄 냄새로 뒤덮였다. 전투경찰을 태우고 온 버스는 거의 매일 학교로 들어오는 길목에 진을 쳤다. 갑옷과 투구 같은 복장으로 무장한 경찰은 곤봉과 방패를 들고 대기하고 있었다. 시위대가 학교 앞으로 진출하면 경찰은 로마 병정들처럼 대오를 갖추고 최루탄 쏠 준비를 했다. 돌과 화염병이 날아가면 답례처럼 최루탄이 날아온다. 순식간에 학교 주변은 전쟁터가 된다. 불붙은 화염병이 날아다니고 최루탄은 한여름 우박 쏟아지듯 쉬지 않고 쏟아진다. 눈물 콧물을 쏟아내면서도 시위대는 쉽게 흩어지지 않았다. 흩어지기는커녕 오히려 최루탄이 쏟아질수록 더 많은 사람이 모여들었다.

그건 작은 분노들이었다. 잘못된 것을 잘못되었다고 말하고자 했던 작은 분노들이었다. 그 분노들이 모여 군집이 되고 시위대가 되었다. 작은 분노들은 모여서 커다란 강을 만들었다. 그리고 그 강은 역사가 되었다. 절대 물러서지 않을 것 같았던 군사정권을 흔들고 정치 체제를 바꾸었고 사회를 바꾸었다. 역사의 큰 틀을 바꾸기까지 했던 그 분노가 이제는 어디에도 누구에게도 없다. 눈 녹듯 사라져서가 아니다. 튀어나오지 못하게 꾹꾹 누르고 있어서이다. 억지로, 어쩔 수 없이.

최루탄이 쏟아지던 시위 현장에 나는 없었다. 시위 현장이 잘 보이지만 절대 최루탄이 날아올 수 없고 시위대에서 떨어진 곳에 나는 있었다. 시위대가 아닌 구경꾼이었다. 그들의 생각에 동조는 하지만 선뜻 참가하지 못하는 그런 구경꾼이었다. 그러다 한두 번 작은 돌멩이를 집어들었다. 시위대의 끄트머리에 발을 내딛었다. 어느 때는 함께하고 싶어서, 어느 때는 그들에게 공감해서, 어느 때는 추억거리를 만들기 위해서기도 했다. 그렇게 최루탄을 맞고 어깨동무를 하고 소리를 질렀다. 그건 작은 분노였다. 작은 꿈틀거림, 작은 뜨거움이었다.

나는 더 이상
분노하지 않는다

2010년대를 지나가는 요즘 나는 절대 분노하지 않는다. 아니 분노한다, 가끔. 나를 피곤하게 하고 나의 이익을 침해당하면 분노한다. 그 외에는 분노하지 않는다. 절대로. 아니, 될 수 있으면. 분노의 이유는 간단명료해졌다. 그만큼 삶은 편해졌다. 쓸데 없이 최루가스를 맞으며 고통스러워하지 않아도 되고 남들의 담론에 공 감하며 고민하지 않아도 된다. 내가 아니어도 세상은 잘 돌아간다. 설사 잘 돌아가지 않더라도 그건 내가 알 바 아니다. 내가 알아야 하는 건 내 가 챙길 것들뿐이다.

어떤 기관에 다니던 후배가 있었다. 서른 중반이 넘어서도 결혼을 하지 않았던 후배는 어느 날 회사를 그만두었다. 정직원은 아니었지만 정규직에 준하는 자리였다. 큰 문제없이 다니면 자리도 정년도 보장된 것과 다름없는, 부러움을 받을 만한 직장이었다. 그런데 덜컥 사표를 냈 다. 직장을 그만둔 이유는 어찌 보면 별일도 아니었다. 부서에서는 공식 적으로 나오는 경비 일부를 세탁 비슷한 과정을 거쳐서 돌려썼다. 관행 같은 일이었다. 상사가 후배에게 네가 한번 해보라고 돈을 주었고 후배 는 도저히 그 행위를 용납하기 어려웠다고 한다. 못하겠다고 돈을 돌려 주었고 후배는 그 일은 그걸로 끝난 거라고 생각했다. 그러나 상사는 묵 과하지 않았다. 견디기 힘들었던 후배는 결국 회사를 그만두고 나와 버 렸다.

이야기를 듣고는 잘했다고 했지만 정말 잘한 일인지 판단이 서지 않 았다. 나에게 그런 일이 생겼다면 어떻게 했을까. 거부하지 못했으리라. 시키는 대로 일을 처리했을 것이고 그 돈을 함께 쓰는 데 흔쾌히 참가했 으리라. 먹고살아야 하니까. 처자식이 있으니까. 절대 분노하지 않으니까.

생존을 위해서, 살기 위해서 많은 것을 버렸다. 자존심을 버리고 정직을 버리고 생각을 버리고 옳은 말을 버렸다. 웃음조차 내던졌다. 물론 얻은 것도 있다. 눈치, 거짓말, 비굴함을 얻었다. 먹고살아야 한다는 절박함 때문에 버려야 했고 얻어야 했다. 그 옛날, 이제는 기억조차 가물거리는 그 시절의 작은 분노는 남아 있지 않다. 작은 꿈틀거림도 작은 뜨거움도 남아 있지 않다. 남아 있는 것은 비겁뿐이다. 언제부터인가 내 안에는 비겁이 산다.

송곳처럼 찌르는
분노의 목소리들

삶은 직접 살고 스스로 해내는 것이 아닌가. 그런데 돈을 벌고 쓰는 것 말고는 아무것도 하지 않아도 된다는 듯한 세상에 살면서, 그것 외에 모든 것에 스스로 무능해져 버렸다. 머리만 과잉 발육되어 온전한 인간성과 건강한 몸의 감각과 감성과 사회성과 내면의 생기가 퇴화되어 버렸다.

—《김예슬 선언》중에서

스물다섯, 김예슬의 말은 서늘하다. 가슴을 찌른다. 그는 대학을 거부했다. 자신이 그렸던 대학이 아니었기에 거부할 수밖에 없었다. 누구나 갖고자 하는 명문대 학생의 신분을 스스로 집어던졌다. 대학 대신에 자신의 길을 걷기로 했다. 함께 달리는 친구들을 넘어뜨리고 나아가는 것이 기쁨이었던 트랙에서 자신의 발로 내려왔다. 많은 것을 보장해주는 명문대 학생의 신분을, 남들보다 우월하게 살기에 유리한 '우수 등급'의 확인 도장을 버렸다.

그는 이제 자신이 거부하고 내던진 것들과 싸우며 살아야 한다. 그럼에도 그가 싸움에 나선 것은 나는 누구인가, 나는 왜 사는가, 어떻게 살 것인가, 진정 나의 꿈은 무엇인가 하는 물음에 스스로 답을 찾고자 했기 때문이다. 그래서 그는 말한다. "누가 더 강한지는 두고 볼 일이다." 김예슬의 말은, 알고 있으나 알고 있는 대로 살지 못하는 사람들을 송곳처럼 찌른다. 분노가 사라지고 이익만 남은 나는 아무것도 버리지 못한다. 그러한 자신을 긍정하면 알고 있고 배운 것이 거짓이 되고, 스스로를 부정해야 참이 되는 진실의 아니러니. 스스로를 부정하는 삶을 살아야 하는 것은 슬픔이다. 부끄럽지만 달리 방법은 없다. 살아온 대로 살아가는 수밖에. 이제 이렇게 삶은 그대로 굳어버리고 크게 달라지지 않을 듯하다. 이렇게 시들어가야 하나? 불현듯 답답하기 짝이 없는 궁금증이 몰려온다.

나는 여러분 모두가, 한 사람, 한 사람이, 자기 나름대로 분노의 동기를 갖기 바란다. 이건 소중한 일이다. 내가 나치즘에 분노했듯이 여러분이 뭔가에 분노한다면, 그때 우리는 힘 있는 투사, 참여하는 투사가 된다. 이럴 때 우리는 역사의 흐름에 합류하게 되며, 역사의 이 도도한 흐름은 우리들 각자의 노력에 힘입어 면면히 이어질 것이다.

—《분노하라》 중에서

아흔 셋, 스테판 에셀의 말은 뜨겁다. 삶의 마지막 단계에 들어서고 있는 스테판 에셀은 분노하라고 외친다. 세상을 하직할 날이 멀지 않았다는 사람의 말로 믿기지 않을 만큼 뜨겁다. 그가 말하는 분노의 동기는 역사에 대한 것이다. 이 시대를 살고 있는 사람으로서 참여하고 바꾸어 나가라는 말이다. 그때 개인은 투사가 된다고 그는 외친다. 그러나 역사의 흐름은 고사하고 자신의 삶조차 어디로 흘러가는지 모르는 사람에게 그 말은 많이 불편하다. 자신의 삶에서 투사가 되지 못하는 사람이 역사에 대한 투사가 된다는 것 또한 어렵다. 한때 작은 분노는 역사를 바꾸어 놓기도 했지만 그 분노들은 생존이라는 물결 속에 휩쓸려 모습조차 찾아볼 수 없게 된 지 이미 오래다.

스테판 에셀은 왜 분노해야 하는지, 진정 분노해야 할 것이 무엇인지 알아야 한다고 소리를 높인다. 그 소리는 내 삶을 돌아보게 하고 부끄럽게 만든다. 진정 분노해야 할 것은 침해받는 내 이익이 아닐 것이다. 내 삶의 모습, 알고 있으나 어찌지 못하고 그대로 흘러가고 있는 내 삶에 분노해야 하리라. 비겁이 뱀처럼 똬리 틀고 앉아 있는 내 안의 부끄러움에 분노해야 하리라. 어쩔 수 없다고 수없이 되뇌는 자신에 대해 분노해야 하리라.

사회의 삶에 발을 들여놓지 않은 스물다섯 김예슬은 이미 강했고 앞으로의 싸움에서 충분히 이길 만큼 강하다. 그가 대학에서 찾아낸 것은 졸업장이 아니라 삶이었다. 김예슬은 말한다. '저항이 대안이다! 살아 있다는 것은 저항한다는 것이기에. 젊음은 저항이고 삶은 저항이기에.'

사회의 삶을 마무리하고 세상에서 자신의 시간을 끝내가고 있는 스테판 에셀은 아직도 끓어오른다. 그가 소리친 것은 단순한 외침이 아니라 자신이 삶에서 만나고 끌어올린 진실이었다. 스테판 에셀은 말한다. '21세기를 만들어갈 당신들에게 우리는 애정을 다해 말한다. 창조, 그것은 저항이며 저항, 그것은 창조다.'라고.

사회에서의 삶을 시작하는 것도 아닌, 삶을 마무리하는 것도 아닌 나는, 강하지 못하고 뜨겁지도 않다. 내 안에 충분할 만큼 가득한 것은 분노가 아니라 비겁이다. 그 비겁을 끌어안고 때늦게 작은 저항을 꿈꾼다. 저항하고 싶다. 나에게 저항하고 삶에게 저항하고 싶다. 분노여도 좋고 저항이어도 좋다. 내 작은 역사에 힘 있는 투사가 되고 싶다. 이렇게 시들하게 끝도 없이 흘러가는 건 너무 슬프지 않은가.

불온한
자유의 꿈

이른 새벽 출근길. 새벽 같지 않게 버스에는 벌써 사람이 제법 많다. 버스에 올라 자리에 앉자마자 눈을 감는다. 회사에 도착할 때까지 꿀처럼 달콤한 잠을 즐겨야 한다. 달리는 버스의 흔들림에 몸을 맡기고 자는 듯 깨는 듯 잠 속으로 빠져든다. 짧디짧은 순간의 잠 속으로 짧은 꿈이 슬그머니 찾아온다.

이런 꿈이다. 버스는 달린다. 천천히 가도 좋으련만 도로에 오가는 차도 적은 새벽이니 빨리도 달린다. 광화문을 지나 버스는 서울역으로 간다. 서울역 다음 정류장에서 내려야 한다. 정류장에서 걸어서 몇 분이면 회사에 들어서고 또 하루가 시작될 것이다. 하지만 버스가 서울역에 잠시 멈춰 서 있는 그 순간, 불현듯 벌떡 자리에서 일어난다. 그러고는 성큼성큼 문으로 간다. 버스에서 내린 뒤 망설이지 않고 서울역으로 들어가 표를 끊고 기차를 탄다. 기차가 떠난다. 어느 날 새벽 그렇게 회사와 이별을 한다. 회사 인간으로의 삶과도 이별이다. 까짓 거.

또는 이런 꿈이다. 버스는 광화문을 지나 서울역으로 간다. 숨을 고르는 듯 서울역에서 잠시 정차한 버스는 다음 정류장으로 내쳐 달린다. 이번 정류장에서 내려야 한다. 내리면 발길을 바삐 움직여 회사로 가야 한다. 버스가 정류장에 설 때가 되었지만 나는 움직이지 않는다. 정류장에 승객을 내려준 버스는 다시 떠난다. 내려야 할 곳을 물끄러미 쳐다볼 뿐 여전히 자리에 앉아 있다. 내리지 않은 것이다. 버스는 오던 길을 되짚어 다시 달린다. 계속 달리면 집이다. 그렇게 그냥 집으로 돌아온다. 회사 그리고 회사 인간의 삶과 그렇게 헤어진다. 안녕이다. 쿨하게. 이별을 한 뒤에는? 그냥 살아보는 거다. 내키는 대로 맘대로 한번 살아보는 거다. 생각만으로도 신난다.

이런 책들이
진짜 불온도서다

약속은 깨져야 제 맛이고 꿈은 이루어지지 않아야 제 맛이다. 꿈은 이루어진다고 누군가 소리소리 지르는 게 들리는 것 같다. 글쎄다. 어디 이루어진 적이 있어야 그 맛을 알지. 깨지는 것만 겪어봤으니 알고 있는 꿈의 맛은 이루어지지 않는 쓴맛뿐이다. 꿈이 쉽게 이루어지지 않듯이 출근을 하다 말고 서울역으로 달려가 기차를 타는 일은 생기지 않는다. 회사 앞 정류장에서 내리지 않고 그냥 집으로 돌아가는 일 역시 있을 수 없는 일이다. 짧지만 달콤한 꿈에서 깨면 혹시나 정류장을 지나칠까 걱정을 하고 허겁지겁 버스를 내린다.

그렇게 꿈에서 헤맨 날은 책을 편다. 불온서적이다. 정신적 혼란을 부르고 괜히 사람을 흔들어놓기 때문이다. 말하자면 이런 책이다. 《미친 가족, 집 팔고 지도 밖으로》에서 맞벌이 부부는 직장을 때려치운다. 집도 판다. 그리고 떠난다. 세계여행을 말이다. 이게 뭐하는 짓인가.《100만 원의 행복》은 또 어떤가. 지은이는 100억 원에 가까운 재산을 모두 기부한다. 살던 저택까지 내놨다. 그리고 떠든다. 돈이 행복을 주지 않는다고. 이건 또 뭐란 말인가.

국방부에서 수십여 권의 책을 불온서적으로 지정해 파문이 일어난 적이 있다. 불온서적이 장병들의 정신 전력에 저해가 된다는 이유였다. 반자본주의, 반정부, 북한 찬양이라는 범주로 분류한 책 중에는 대중들에게 인기가 무척 높았던 베스트셀러도 있었다. 정신적 해악을 끼친다는 게 판단의 기준이었다면 위의 책들도 불온서적에 넣었어야 했다. 제정신으로 멀쩡히 잘 살고 있는 '정상적인' 사람들을 흔들어놓는다. 온당하지 않은 일이다. 세상을 유지하는 원리를 거부하는 불온함이 가득한 책이다. 자본주의의 이념에 반하는 냄새가 물씬 풍기고 독자에게 혼란을 준다. 책이 많다 보니 국방부의 해당 부서에서 세밀하게 분석하지 못한 모양이다. 항상 그렇듯 예산은 빠듯하고 인원은 적고 할 일은 많으니 그럴 수 있는 일이다. 그렇지만 혹시나 알고도 이런 책들을 불온서적에서 제외했다면 실수도 큰 실수 한 거다.

《미친 가족, 집 팔고 지도 밖으로》의 주인공은 평범한 소시민이다. 맞벌이 부부로 남부럽지 않은 소득을 올리며 아이가 원하는 것은 해줄 수 있는 자본주의의 수혜를 입고 살았다. 문제는 돈을 벌기 위해 아이는 지방의 늙으신 부모가 맡거나 하루 종일 어린이집에서 지내야 했다는 것. 아이가 잘 때 집에서 나와 잘 때 들어가는 바람에 아이가 앉은뱅이는 아닐까 하는 '남들 다 하는' 걱정을 하기도 한다. 부부는 이런 노동구조와 사회구조에 강한 불만을 품는다. '이건 아니지 않느냐'고 소리친다. 여기까지는 남들과 비슷하다. 누구나 소리는 친다. 그런데 그 뒤가 많이 다르다. 사표를 내고 세계여행을 떠나버렸다.

《100만 원의 행복》은 주인공이 특이하다. 대단한 부자다. 불만을 가질 게 없는 사람이다. 맨손으로 시작해서 삼십 대 초반에 백만장자가 된다. 자본주의의 맛을 단단히 본 사람이다. 돈의 맛이 어떤 것인지 충분히 알고 즐겨본 사람이라는 말이다. 그런 사람이 걸을 길은 정해져 있다. 사업을 확장시켜 더 많은 돈을 벌거나 평생을 즐기며 사는 것이다. 그런데 백만장자는 상상 밖의 길을 택한다. 삶의 만족과 의미를 찾아다니더니 가진 돈을 모두 기부한다. 가난한 사람들을 위해 소액대출기관을 만들고 경제적 자립을 돕겠다고 나선다. 자신에게 남은 것은 배낭 두 개에 들어갈 짐, 그리고 오두막 하나뿐이다.

책 제목 한번 제대로 달았다. 말 그대로 미친 가족이다. 그런데 책을 읽노라면 그들이 부러워진다. 미친 사람을 부럽게 만드는 책이 좋은 책일 리는 없지 않은가. 불온서적이다. 못된 건 빨리 배운다던데 불온한 것도 그런 모양이다. 읽다 보면 따라하고 싶고 그런 불온서적을 쓰고 싶어진다. 나도 미쳐가나 보다. 아, 미치겠다.

"회사 다니기가
더 힘들었어요"

우리는 알고 있다. 돈을 많이 벌어야 인생이 편하다는 걸. 돈이 많아야 더 행복하다는 걸. 돈을 많이 벌려면 일도 열심히 해야 한다는 것도 알고 있다. 그래서 일도 열심히 한다. 노는 것보다 일을 열심히 하는 게 미덕이다. 노래나 부르며 매일 노는 베짱이는 나쁘고 쉬지 않고 일해서 창고를 가득 채우는 개미는 착하다. 개미가 되어야 한다고 배웠다. 많이 쌓아놓으려 하고 끝도 없이 쌓아놓으려 한다. 그래야 밥벌이가 덜 힘들고 기름진 밥을 먹을 수 있다고 믿는다. 살아 보니 사실 그렇기도 하다. 그래서 배우고 알고 있는 대로 그렇게 산다. 다른 건 몰라도 돈에 관한 한 '범생이'로 '정상적'으로 살아간다. 그런데 뭔가 답답하다. 그것도 많이 답답하다. 지극히 정상적으로 사는데 왜 이렇게 답답한 걸까.

영화 〈쇼생크 탈출〉의 무대인 쇼생크 교도소는 절대 탈옥이 불가능한 곳이다. 악질범만 수용되는 쇼생크에는 수십 년씩 복역하는 죄수들이 가득하다. 가석방 심사 기간이 되면 심사를 받는 죄수들은 가슴이 설렌다. 가석방이 결정되면 이 지겨운 감옥을 나갈 수 있다. 자유가 기다리고 있는 것이다.

쇼생크에서 50년을 살아온 브룩스는 가석방이 결정되지만 환희가 아니라 두려움에 잠긴다. 감옥에서 거의 모든 생애를 보내온 그는 감옥에 길들여진 것이다. 노인이 되어 버린 나이에 그는 가방 하나 들고 감옥을 나선다. 감옥을 벗어나 자유를 얻은 그가 택한 것은 자살이었다. 그렇게 바라던 자유를 얻었지만 그 자유를 감당하지 못했다. 감옥 동료인 레드는 브룩스의 마지막 편지를 받고 말한다. "그는 여기 감옥에서 죽었어야 했어." 정말 그랬어야 할까. 평생을 감옥 속에 갇혀 있었으면서 죽음까지도 감옥 속에서 맞았어야 하는 걸까.

> "이렇게 여행을 결심하는 것이 얼마나 힘든 결정이었겠어요." 잠시 머뭇거리다가 답해드렸다. "회사 다니기가 더 힘들었어요."
>
> —《미친 가족, 집 팔고 지도 밖으로》 중에서

아주 쉬운 문제 하나. 직장을 다니는 사람들이 가장 가기 싫어하는 곳이 어딜까. 직장이다. 자신의 삶을 살 수 없으니까, 삶의 자유가 없으니까. 그래도 열심히 다닌다. 때로는 이를 갈면서, 때로는 눈물도 떨어뜨리며, 때로는 분노로 몸을 태우면서도 다닌다. 이유는 간단하다. 돈을 벌어야 하고 먹고살아야 하니까. 먹고살 걱정을 하지 않아도 된다면 당장 직장을 그만두겠다고 너도나도 말한다. 그러나 불가능하다. 그런 날은 평생 오지 않으니까.

'정상적인' 삶을 벗어나면 어떤 고통이 들이닥칠지 모르기에 우리는 정상적인 삶에 집착한다. 돈이 떨어지면 어떤 괴로움을 당할지 알기에 돈벌이에 삶의 모든 것을 묶어놓는다. 정상적인 삶을 지겨워하지만 그것에 묶여 평생을 산다. 벗어나기를 절실히 원하지만 벗어나지 못하는 '우리들의 쇼생크'이다.

　정상적인 삶과 돈벌이의 감옥 속에 갇혀서 사는 시간이 길수록 우리는 감옥을 떠나지 못한다. 감옥을 나와서 할 수 있는 게 아무것도 없기 때문이다. 그래서 자유를 원한다면서 사실은 감옥을 떠나게 될까 봐 두려워한다. 정상적인 삶과 돈벌이를 벗어나는 두려움은 뼛속까지 새겨져 지워지지 않는다. 감옥을 떠날 때 우리가 할 수 있는 선택은 그리 많지 않다. 브룩스와 하나도 다르지 않다. 브룩스의 죽음 뒤에 감옥 동료인 레드가 말하듯이 직장 동료들은 이렇게 말할 것이다. "여기에 그냥 있었어야 했어." 정말 그런 걸까. 평생을 '우리들의 쇼생크'에서 살아오고노 결국은 그곳에서 벗어나지 못하는 걸까.

나도 불온서적의 저자가
되고 싶다

　　　　　　불온서적의 주인공들은 우리가 신봉하는 믿음에 감히 의심을 품는다. 더 일해서 더 많은 돈을 벌려고 하지 않고 사표를 낸다. 남들은 죽을힘을 다해 부여잡고 있는 집도 판다. 모든 걸 버리고 세계여행이라니. 많은 사람이 의심 없이 따르고 있는 삶의 가치를 정면으로 부정하는 행위다. 불온하다. 극도로 불온하다.

　없는 소시민이야 그럴 수 있는 일이다. 가진 게 별로 없으니 불만도 많은 것이고 반항심도 생길 만하다. 그러니 한번 저지른다고 치자. 백만장자는 달라야 한다. 그런데 가진 돈을 모두 던져버리는 백만장자는 또 뭔가. 돈이 많으면 행복하다고 믿고 있는 사람들의 믿음을 한방에 깨뜨리면 어떻게 하란 말인가. 그러곤 씩 웃으며 하는 한마디라니. "돈으로 행복을 살 수 없더라." 불온하다. 말할 수 없이 불온하다.

돈벌이라는 현실적 늪에서 과감히 발을 뺀 책의 주인공들은 불행해져야 한다. 그래야 우리가 배우고 신봉하는 이론이 맞는다. 그렇지 않다면 우리가 믿고 있는 것들은 허공에 떠버린다. 거짓인 것이다. 과연 그들은 불행해졌을까. 아직까지는 그렇지 않다. 불행은커녕 그들이 원했던 대로 만족스럽고 행복하게 살고 있다. 세계여행을 떠난 가족은 남미 아르헨티나에 호스텔을 열고 아예 자리를 잡았다. 마음이 동하면 다시 여행을 떠나겠다고 한다. 대저택에서 살던 백만장자는 오두막에서 더 평온하다고 말한다. 지금의 삶을 선물이라고 믿는다.

불온서적은 정신을 혼미하게 만든다. 그래서 그런 책들이 좋다. 불온서적을 보면 가슴이 뛴다. 우리가 매달려왔던 가치들을 모두 부정하는 '미친 짓'이 더할 수 없이 멋있어 보인다. 내가 떠나지 못하는 감옥을 벗어나 과감히 나선 그들이 부러워진다. 불온해지고 싶다. 현실적으로 불온해지고 싶다. 세상이 더 많은 짐을 어깨 위에 올려놓을수록 더 불온해지고 싶다. 출근길 버스에서 내려 기차를 타고 싶고, 정류장에서 내리지 않고 다시 집으로 돌아오고 싶다. 몸은 그 자리에 있고 마음만 불온해지는 날, 불온서적을 편다.

지금은 책을 읽는 사람이지만 언젠가는 그런 책을 쓰는 사람이 되고 싶다. 불온서적의 저자가 되어 누군가의 부러움을 받고 싶다. '정상적'이지 않은 삶을 원한다. 정상적이지 않은 삶을 꿈꾼다. 재밌을 것 같지 않은가. 멋지지 않은가. 미친 짓 한번 해보지 못하고 삶을 마치는 것도 미친 짓 아닌가.

흔적 없는 삶도
아름다워

평생 무소유의 삶을 실천한 법정 스님은 입적하기 전 유언에서 여러 가지 당부를 남겼다. 수의를 만들지 말 것이며 부질없는 의식을 하지 말고 사리도 찾으려 하지 말라고 했다. 무소유의 삶 그대로 번잡하고 화려한 세상의 의식을 물리쳤다. 그뿐인가. 풀어놓은 말빚을 다음 생으로 가져가고 싶지 않으니 자신의 이름으로 출판된 모든 출판물을 더 이상 출판하지 말아 달라고 했다. 그렇게 이승에서 살았던 모든 흔적을 지우고 떠났다. 출판사들은 유언대로 더 이상 스님의 책을 출판하지 않기로 했고 책은 절판됐다. 남아 있는 책들도 하나둘 없어지게 될 것이다. 시간이 많이 지난 먼 후일에 법정이라는 스님이 살았었다는 기억은 남겠지만 결국 세상에 법정 스님의 흔적은 남지 않게 될 것이다.

서른 살이라는 젊은 나이에 간첩단 사건에 연루된 황대권 씨는 무기 징역을 선고받는다. 그가 감옥에서 세상으로 다시 나오기까지 걸린 시간은 13년 2개월. 세상에 다시 나온다는 기약도 없는 시간을 살면서 그는 감옥 안에 야생초 화단을 만들었다. 100여 종의 풀을 심고 가꾼 내용을 기록한 글을 엽서로 만들어 편지를 쓴다. 그 편지를 바탕으로 베스트셀러가 된《야생초 편지》의 저자가 되었다. 오랜 시간이 지난 뒤에 그는 신문과의 인터뷰에서 자신이 산 흔적은 기록해두어야겠다는 생각에 편지를 썼다고 밝혔다.

피터 드러커는 그의 책《프로페셔널의 조건》에서 독자들에게 한 가지 질문을 던져준다. 그가 열세 살 때 어느 선생님이 했던 질문이다. "너희들은 죽은 뒤 어떤 사람으로 기억되기를 바라느냐?" 대답하는 아이는 아무도 없었다. 선생님은 웃으며 다음과 같이 말한다. "너희들이 대답할수 있을 것으로 기대하지 않았다. 그러나 50세가 될 때까지도 여전히 이 질문에 대답을 할 수 없다면, 그 사람은 인생을 잘못 살았다고 보아야 할 거야." 피터 드러커는 그 질문을 쉬지 않고 자신에게 하며 살았다고 한다. 그리고는 살아가는 내내 자신을 뇌돌아보게 해준 그 실문을 독사들에게 던져준다. "나는 어떤 사람으로 기억되기를 바라는가?"

누구나 흔적을
남기기 원해

'호랑이는 죽어서 가죽을 남기고 사람은 죽어서 이름을 남긴다'는 말은 익숙한 속담이다. 그 뜻은 무엇일까. 호랑이는 자신에게 가치 있는 가죽을 후세에 남기고 사람은 자신의 이름을 역사에 남긴다는 뜻이다. 아니면 동물인 호랑이도 가죽을 남기는데 사람으로 태어나 이름을 남길 정도의 일은 해야 되지 않느냐는 것으로 보아도 틀리지 않다. 이름을 남긴다는 것은 여러 가지 해석이 가능하다. 역사에 기록될 만한 대단한 업적을 남기는 것일 수도 있고 사회적으로 크게 출세를 해서 세상 사람들에게 이름을 날리는 것일 수도 있다. 문학작품이나 음악작품을 남기는 것도 방법 중의 하나이다.

사람은 누구나 한평생 이승의 삶을 산다. 그리고 떠난다. 자신이 살았던 세상에서 사라지는 것이다. 사라지는 건 마찬가진데 누군가는 세상에 무언가를 남긴다. 역사 속에 이름이 남기도 하고 생전에 남긴 것들이 후대에 이어져 가기도 한다. 그러나 그건 아주 드문 일이다. 수많은 사람 중에 극히 일부만 그런 흔적을 남긴다. 사람이 세상을 떠나면 남는 것은 하나도 없다. 평범한 삶을 살다 가는 사람들은 떠나는 그 순간 이미 모두에게 잊히는 존재가 된다. 오랜 시간을 힘들게 살아왔다고 한들 티끌만 한 것도 남지 않는다. 아쉽겠지만 어쩔 수 없는 일이다. 세상의 이치가 그렇다. 이름 정도가 주변 사람들의 기억에 남게 되겠지만 그게 얼마나 갈까. 자신을 부모로 둔 자식들이 세상을 떠날 때쯤이면 그 이름을 기억하는 사람은 지구 위에 아무도 없다. 그때쯤이면 세상에는 그가 살았다는 것을 기억하는 사람조차 없다.

그래서일까. 사람은 무언가를 남기고 싶어 한다. 글을 쓰는 작가들은 불후의 명작을 써서 남기고 싶어 한다. 음악가들과 미술가들도 그런 면에서는 크게 다르지 않다. 기암괴석에 자신의 이름을 새겨놓거나 유명 관광지에 이름을 써놓고 오는 사람들도 그런 심리와 비슷하다. 그곳에 왔었다는 걸 남기고 싶은 것이다. 작은 벼슬을 한 사람이 자신이 한 일을 돌에 새겨 마을에 공덕비를 세우고 욕을 먹는 경우가 있다. 그 욕심은 바로 자신이 이런 일을 한 사람이라는 것을 남기고 싶어서이다. 별것 아닌 관광지를 가서도 이름을 써놓고 오는데 한 번뿐인 삶을 살고 떠나는 마당에 어찌 그런 욕심이 생기지 않을까. 그러니 사람이 무언가를 남기고 싶어 하는 것은 어찌 보면 당연한 일이다. '사회적으로 인정받고 출세해서 세상에 이름 남기는 것'을 입신양명이라고 한다. 출세를 해야 하고 이름을 남겨야 한다고 유달리 강조하는 유교 사상은 오랜 시간 우리의 무의식을 지배했다. 그 속에서 살아온 우리들이기에 무언가를 남기고 싶다는 의식이 남달리 강한지도 모른다.

어렸을 때 나는 내가 대단한 사람이 될 줄 알았다. 젊어서는 나중에 상당한 사람 정도는 될 줄 알았다. 대단치 않은 학벌, 별것 아닌 실력, 모자라는 재능, 형편없는 배경. 무엇 하나 변변한 게 없었지만 그럼에도 주목받는 사람이 될 것 같았다. 내가 생각한 '대단한' 또는 '상당한'이란 권력이나 돈이나 힘은 아니었던 것 같다. 속해 있는 공간에서 나름대로 상당한 역할을 하는 또는 중요한 역할을 하는 그런 정도였다. 그런 기대가 젊은 날의 나를 채웠었다. 그러나 살아보니 대단하고 상당한 건 고사하고 앞가림을 하는 것조차 힘들었다. 대단한 사람이 되는 건 대단히 어렵고 상당한 사람이 되는 건 상당히 어렵다는 것만 알게 되었다.

젊었을 적에 해보고 싶은 일 네 가지가 있었다. 기자, 작가, 교사, 정치가가 그것이다. 네 가지에는 공통점이 하나 있다. 무언가 흔적이 남는다는 것이다. 공통점이 있는 것들을 꼽은 게 아니라 꼽아놓고 보니 공통점이 보였다. 기자는 기록한 역사가 남고, 작가는 작품이 남고, 교사는 아이들에게 생각한 삶을 남겨줄 수 있고, 정치가는 법과 제도를 만들어 사회구조 속에 흔적을 남길 수 있다. 그렇게 무언가 남길 수 있는 걸 하고 싶었다. 내가 살다 갔다는 흔적을 남기고 싶었던 거다. 그렇지만 그 생각은 그저 생각으로만 끝날 게 분명하다. 뒤를 돌아보면 남긴 게 없고 앞을 내다보아도 역시 남길 만한 게 없다. 그렇게 흔적 없는 삶을 살아간다. 남길 것 하나 없어 보이는 이 삶은 초라하고 누추해 보인다. 무언가를 남기는 건 고사하고 당장의 삶조차 힘겨워 허덕거리는 한참 부족한 삶이다.

그 자체로
충분히 대단한 삶

내가 손을 잡으니 할아버지의 얼굴에 가만히 웃음이 번졌다. "이번 삶도 나쁘지는 않았어. 작은 나무야. 다음 번에는 더 좋아질 거야. 또 만나자."

—《내 영혼이 따뜻했던 날들》 중에서

엄마가 세상을 떠난 다섯 살 인디언 소년 '작은나무'. 아버지에 이어 엄마까지 잃은 작은나무는 할아버지 할머니의 집으로 온다. 할아버지 할머니 집은 산속의 작은 집. 그곳에서 할아버지와 할머니는 혼자 남은 손자에게 인디언식 삶을 가르쳐준다. 어린 손자가 알아야 할 세상을 보는 방법, 슬픔을 이기는 방법, 기쁨을 같이하는 방법 등이 그것이다. 할아버지가 가르쳐주는 것들은 학교에서 배우는 책에는 나와 있지 않다. 그러나 책에서 배우는 것보다 더 나은 지혜이다. 필요 이상으로 많이 쌓아두지 말아야 한다며 잡은 칠면조를 놓아주고, 단지 재미로 동물을 죽이지 않는 것 등은 자연과 함께 공존하며 사는 방법이었다. 죽은 사람처럼 살지 말아야 하며, 좋은 것은 이웃과 함께하고, 마음을 더 크고 튼튼하게 가꾸어야 한다는 것은, 사람 속에서 살아가는 방법이다. 할아버지와 할머니가 살아오면서 직접 체득하고 배운 그 가르침은 커다란 이익을 가져다주지 않는다. 그러나 어떤 즐거움을 어떻게 즐겨야 할지를 알게 해준다. 《내 영혼이 따뜻했던 날들》을 읽노라면 한적하고 숲이 우거진 공원에서 봄볕을 받으며 앉아 있는 것 같은 느낌이 든다. 책의 제목처럼 따뜻하게.

자신이 알고 있는 것들을 다 가르쳐주지도 못한 할아버지는 몇 년 뒤 세상을 뜬다. 삶의 마지막 순간에 할아버지는 이렇게 말한다. "이번 삶도 나쁘지는 않았어. 작은나무야. 다음번에는 더 좋아질 거야. 또 만나자." 그리고 몇 달 뒤, 할아버지를 따라가듯 할머니도 세상을 뜬다. 할머니가 남겨놓은 편지에도 그 말은 쓰여 있었다. "다음번에는 틀림없이 이번보다 더 나을 거야. 모든 일이 잘될 거다."

떠나간 할아버지와 할머니의 가르침은 깊은 울림과 지혜를 담고 있다. 그런 지혜를 준 할아버지는 글도 읽지 못하는 사람이었다. 글도 읽지 못하고 작은 집에서 가난하고 고단하게 살아갔다. 그러나 그들은 삶을 있는 그대로 받아들였다. 예외 없이 찾아온 마지막 순간까지 있는 그대로 끌어안았다. 삶은 그걸로 충분해 보였다. 분명히 충분했고 충분히 감동적이었다. 손자인 작은나무는 아직 어렸지만 그들은 떠나야 했다. 아직 더 많은 것을 보살펴주고 알려주어야 했지만 허락되지 않았고 그 자체를 있는 그대로 받아들였다. 작은나무의 할아버지와 할머니는 그들의 최선을 다해서 살았다. 주어진 상황에서 온 힘을 다해 살았고 그들이 떠난 뒤에 세상에 남을 손자에게 알고 있는 것들과 세상을 사는 방법을 가르쳐주었다. 아무런 흔적도 남기지 못하는 삶이었지만 역할을 다했으므로 그들은 편안했고 행복했다. 아이를 길러내고 지혜를 주고 살아갈 수 있게 해주었고 그것 자체로 충분히 대단한 걸 남겼다.

누군가에게
따듯한 흔적으로 남기를

모든 사람이 체 게바라처럼 사회를 바꾸는 혁명을 하지는 못한다. 언감생심 괴테처럼 대단한 문학작품을 남기지도 못할 것이다. 베토벤의 아름다운 선율을 남길 일은 더더욱 없다. 남길 것이 없다고 생각했을 때 삶은 많이 아쉬워 보인다. 어디에다 삶을 버려두었는지 허망하다는 생각도 든다. 그러나 꼭 그렇게 생각할 것도 아니었다. 주어진 삶을 나름대로 충실하게 살면 되는 것이었다. 흔적을 남길 것이 없다고 의미 없는 삶은 아닐 것이다. 작은나무의 할아버지와 할머니가 그랬던 것처럼 최선을 다해 살아내면 그들처럼 평온하게 스스로를 돌아볼 수 있지 않을까. 아이들을 키워내고 삶의 지혜를 알려주고 나에게 주어진 것들을 있는 그대로 받아들이는 것, 그것도 대단한 것 아닐까.

"어떤 사람으로 기억되기를 바라는가?"라는 질문에 대한 답은 어렵다. 남길 만한 흔적은 없으니 내가 앉았던 자리라도 따뜻하기를 바란다. 그래서 내 뒤의 누군가가 그 자리에 앉을 때 나보다는 조금이라도 더 편안하기를. 그가 자기 앞에 앉았던 사람이 따뜻한 사람이었음을 잠시 생각해주기를. 그런 사람으로 아주 잠깐 기억되기를 바란다.

내 아이가 살아갈 세상은 조금 더 나아졌으면 하는 기대를 하며 산다. 멈춰 있는 것 같아도 세상은 항상 앞으로 나아간다. 그렇게 앞으로 나아가는 길에 돌 하나가 될 수 있기를 바란다. 이웃과 나누는 작은 것으로 아이들이 사람과 함께 살아가는 방법을 알게 되길 바란다. 남을 욕하지 않는 심성으로 험한 말이 줄어들기를 바란다. 자기의 이익을 위해 남을 괴롭히지 않기를 바란다…. 그리고 또 바라고 바란다. 바늘만큼 작은 곳이라도 나로 인해 더 따뜻해지기를. 그렇게 작은 돌이 되어 웃으며 '다음번에는 틀림없이 이번보다 더 나을 거야'라고 말할 수 있게 되기를. 내가 앉았던 자리가 차갑지 않고 따뜻한 흔적이 남기를. 별것 아닌 삶을 살았지만 최선을 다했고 그래서 편안했고 그래서 기뻤다고 할 수 있기를.

내 인생의
제목 한 줄

스웨덴 발명가 알프레드 노벨은 다이너마이트라는 인류 역사에 없던 강력한 폭약을 만들어 큰돈을 벌었다. 채굴이나 건설에 쓰이길 바랐던 것과 달리 다이너마이트는 사람을 해치는 용도로 사용되는 경우가 많았다. 노벨은 단순히 발명가였지만 다이너마이트로 인해 뜻하지 않게 악명을 얻게 되었다. 어느 날 그의 형제 루드비그 노벨이 사망했는데 이름을 혼동한 어느 신문이 알프레드 노벨의 부고 기사를 싣는다. 기사의 제목은 '죽음의 상인 사망하다'. 정작 생생하게 살아 있던 노벨은 자신의 부고 기사를 보고 깜짝 놀란다. 자신이 죽었다는 내용의 기사를 보았으니 얼마나 놀랐겠는가.

멀쩡하게 살아 있는 자신이 죽었다는 부고 기사도 놀라운 일이었지만 노벨이 더 놀랐던 것은 기사의 제목이었다. '죽음의 상인'이라는 제목은 노벨의 가슴을 파고들었다. 세상이 자신을 어떻게 기억하고 있는지 적나라하게 알게 되었고 충격을 받은 노벨은 자신의 인생을 되돌아본다. 그것이 과연 자기가 원했던 것이었는가, 죽음의 상인이라는 명칭이 여태껏 살아온 자신이 해온 일이었는가. 고민 끝에 노벨은 자기의 유산으로 인류 문명 발달에 기여한 사람에게 상을 주겠다고 제안한다. 해마다 전 세계인의 관심이 쏟아지는 노벨상은 그렇게 만들어졌다고 한다.

노벨상에 얽힌 이 이야기가 확인되지 않은 것이라고 신뢰하지 않는 사람도 있다. 믿거나 말거나 수준의 이야기일 수도 있지만 그래도 믿어 보고 싶은 건 이야기가 주는 울림 때문이다. 죽음을 경험하는 임종체험을 해보는 사람들이 꽤 많아졌다고 한다. 죽음을 현실처럼 만나보고 살아가는 자세를 가다듬는 게 임종체험을 하는 이유이다. 자신의 삶을 명료하게 되돌아보는 데 그만한 체험도 없을 것이다. 노벨을 놀라게 했던 부고 기사는 그에게 임종체험 같은 경험이었으리라.

사람은 누구나 피할 수 없는 죽음을 맞는다. 현재를 살아가느라 바쁘고 힘들고 신나는 이 순간에는 죽음이란 나와 아무 관련이 없어 보인다. 그러나 그렇게 보이는 것뿐이다. 내일이거나 십년 후이거나 아니면 몇 십 년 후이거나 죽음은 반드시 찾아온다. 그날, 우리는 모든 것을 내어놓고 떠나야 한다. 삶은 불공평하지만 절대 아무것도 가져갈 수 없다는 점에서 죽음은 절대적으로 공평하다.

자신의 부고 기사에 제목이 붙는다면

세상을 떠나는 모든 사람의 부고 기사가 신문에 실린다고 하자. 죽음을 맞은 사람의 기사가 신문에 실리고 세상의 많은 사람들이 그것을 본다. 모든 기사에 제목이 있는 것처럼 부고 기사에도 제목이 있다. 부고 기사의 제목은 그 사람의 삶을 알려준다. 어떤 일을 했다, 어떤 삶을 살았다는 내용이 담긴다. 사람의 삶을 한 마디로 축약한다. 사회를 바꾼 정치가에게는 이런 제목이, 기업을 일군 기업가에게는 저런 제목이, 교직에서 평생을 보낸 사람에게는 또 다른 제목이 붙는다. 작가로 평생을 살았던 아무개에게는 그에 알맞은 제목이 붙고 돈을 많이 번 사람의 제목은 또 다르다. 착하고 고운 사람은 감동적인 문장이, 악하고 추한 이에게는 거친 제목이 달릴 것이다.

나는 신문사의 편집기자로 살아간다. 편집기자는 기사를 쓰지 않는다. 편집기자는 기사를 지면에 배치하고 제목을 달아 독자들이 보는 형태의 신문을 만든다. 신문 지면의 제목은 편집기자가 쓰는 또 다른 기사인 셈이다. 부고 기사의 제목을 달다가 가끔 생각을 한다. 내 부고 기사가 신문에 실린다면 어떤 제목이 붙을까. 동료들은 내 부고 기사에 어떤 제목을 달아줄까. 지금 이대로라면 '신문기자로 살다 떠나다' 이 정도 아닐까. 그런데 그건 내가 원했던 제목일까. 그 제목이 나는 만족스럽고 좋을까.

한 발 더 나아가 자신의 부고 기사에 직접 제목을 작성하는 기회가 주어진다고 하자. 세상을 떠난 나에게 부고 기사를 직접 쓰고 제목을 붙이라고 한다면 어떤 제목을 달 수 있을까. '기자로 긴 시간을 살다'라는 제목은 틀리지 않지만 탐탁지 않다. '밥벌이를 하다'는 진실되기는 하지만 내키지 않는다. '즐겁게 살다', '생각대로 살다' 이런 제목은 마음에 들지만 불가능하다. 사실이 아니고 그렇게 살지 못했다. 진실을 말하는 제목은 마땅치 않고 마음에 드는 제목은 거짓이 된다. 단 하나의 제목조차 달기 어려운 것은 그만큼 특정한 삶을 살지 못했다는 반증이다.

부고 기사의 제목에 만족하는가 아닌가는 단지 제목의 문제로 끝나지 않는다. 그건 삶에 대한 질문이 된다. 죽음의 전제조건은 삶이다. 삶이 있었기에 죽음이 있는 것이다. 그러므로 죽음은 죽음의 문제가 아니라 삶의 문제이다. 삶이 끝날 때쯤에야 삶을 보게 되고 죽음 이후에도 남는 것은 죽음이 아니라 삶이다. 무엇을 하고 살았는지, 어떻게 살았는지 모르는 삶은 스스로에게 붙여줄 제목 하나 만들기 어렵다.

생의 절절함을 느끼며 살고 있는가

나는 단지 아주 나쁜 번호를 뽑았을 뿐 나는 장애자가 아니다. 나는 단지 돌연변이일 뿐이다.

—《잠수복과 나비》 중에서

몸 중에서 움직일 수 있는 건 왼쪽 눈꺼풀뿐. 장 도미니크 보비는 유일한 의사소통 수단인 눈꺼풀을 깜박거려 글을 쓴다. 글을 받아쓰는 사람이 알파벳을 하나씩 읽으면 자신이 표현하고자 하는 단어의 알파벳에서 눈꺼풀을 깜박인다. 그렇게 알파벳을 모아 하나의 글자를 만들고 단어를 만들고 문장을 만든다. 하루에 반 쪽. 열다섯 달 동안 20만 번 이상 눈꺼풀을 깜박거려 책 하나를 만들어낸다.

갑작스런 뇌졸중. 움직일 수 있는 건 왼쪽 눈꺼풀 하나. 그리고 멀쩡한 정신. 〈엘르〉 편집장이었던 장 도미니크 보비는 왼쪽 눈꺼풀 하나로 써낸 자신의 책이 서점에 깔린 며칠 뒤에 나비가 되어 하늘로 날아올랐다. 잠수복을 입은 것처럼 움직일 수 없는 몸과, 나비처럼 자유롭게 움직일 수 있는 의식이 그의 현실이었다. 극과 극의 처절함이 그의 것이었다. 몸은 움직이지 못하고 정신만 멀쩡했던 그는 하고 싶은 일이 너무 많아 시공간을 넘나드는 상상을 하곤 했다. 그는 갈구했다. 자신의 잠수복을 열어줄 열쇠를. 종점 없이 끝없이 가는 지하철 노선을. 자유를 되찾아줄 막강한 화폐를. 원했던 어떤 것도 이 세상에서 찾지 못한 그는 다른 곳으로 떠났다. 자신이 원하는 것을 구할 수 있는 곳으로, 나비가 되어.

삶은 소중했다. 마지막까지 모든 의식을 동원해 눈꺼풀만 깜박여 책을 쓸 정도로 소중했다. 책에서 그는 멀쩡한 몸으로는 아주 쉽게 할 수 있는 것들에 대해 찬미한다. 이제는 할 수 없는 간단하고 별것 아닌 것들을 찬미한다. 입 밖으로 흘러내리는 침을 정상적으로 삼킬 수만 있다면, 세상에서 가장 행복한 사람이 된 기분일 것 같다고 말한다.

그것들을 할 수 없는 건 그가 '나쁜 번호표'를 뽑았기 때문이다. 그는 자신이 장애인이 아니고 돌연변이일 뿐이라고 항변한다. 차라리 두꺼비가 되게 해달라고 빌어볼까 생각한다. 멀쩡한 몸으로 직접 꾸려가는 삶은 그렇게 소중하다. 몸이 마비된 그에게도 그렇고 몸이 멀쩡한 사람에게도 그렇다. 삶을 유지할 수 없는 상황을 겪은 사람은 그 소중함을 절절히 느낀다. 그러나 발병하기 이전의 저자가 그랬듯이 성한 몸으로 살아가는 사람들은 그 절절함을 제대로 느끼지 못한다.

내가 뽑은 번호표는 장 도미니크 보비와 달리 재수가 좋은 편이다. 그래서 나는 그의 책을 읽으며 그를 생각하고 있다. 서로의 자리가 뒤바뀌었다면 어땠을까. 나는 나비가 되어 날아가고 그가 나의 번호표를 들고 나의 책을 보고 있었을 것이다. 그건 어찌할 수 없는 일이다. 내가 결정할 일은 아닐 테니까. 잠수복에 갇혀 있던 그는 나의 번호표가 부러웠을 게다. 나는 그가 가지지 못했던 것을 가지고 있다. 그보다 재수가 좋은 번호표. 그가 부러워할 번호표를 가지고 있지만 나는 그 표의 귀중함을 모른다. 그 표를 들고 살아가고 있지만 어떻게 써야 제대로 쓰는지 모른다. 장 도미니크 보비는 한쪽 눈꺼풀을 움직여 책을 쓴 사람, 삶의 소중함을 알려준 사람으로 기억되겠지만 나는 그가 알려주는 것을 듣고도 예전과 다르지 않게 살아간다.

주말만 기다리는 삶이 잠수복은 아닐까

항상 그렇듯 모든 건 잃어버린 뒤에야 더 소중하다. 그때야 비로소 소중함을 알게 된다. 삶의 근간을 흔드는 병을 겪은 사람은 안다고 한다. 무엇이 중요한지, 무엇을 해야 하는지. 그래서 큰 병을 만나고 나면 삶을 보는 시선이 변한다고 한다. 그런 상황을 만나지 않은 사람도 귀로 듣고 눈으로 보아서 머리로는 알고 있다. 그

러나 거기서 그친다. 머리로 알고 있는 걸 몸으로 애타게 갈구하지는 않
는다. 직접 잠수복을 입게 되면 알게 되고 몸으로 느끼겠지만 그때는 이
미 너무 늦다.

한 주의 업무가 끝나는 금요일 오후. 퇴근길에 나서다 문득 짧은 허탈
함을 느낀다. 재미도 긴박함도 즐거움도 없는 시간들로 채웠던 한 주일.
주말이 오기만을 기다리며 견뎌내는 한 주일. 그렇게 채운 하루하루를 쌓
으며 만들어가는 삶은 어떤 것일까. '잠수복에 갇힌 듯 살아간 사람.' 혹시
나에게 주어질 부고 기사의 제목은 이런 게 아닐까. 아니면 '좋은 번호표
를 뽑고도 나쁜 번호표를 뽑은 듯 살아간 사람', 이런 건 아닐까.

지나온 삶을 완전히 무시할 수 있다고 하자. 지금부터 살아가는 삶
으로 당신의 부고 기사에 제목을 달 수 있는 기회가 주어진다. 어떤 제목
을 달고 싶으냐는 질문에 뭐라고 대답할 것인가. 그 질문에 답할 말을 가
지고 있는가. 나는 없다. 지금까지의 삶이 만족스럽고 즐거워서가 아니
다. 선뜻 대답할 만한 삶을 알지 못하고 생각해보지도 않았고 노력해보
지도 않아서이다.

수많은 기사에 제목을 달면서 나는 밥을 벌어먹는다. 밥을 먹기 위해
서 만들어야 했던 제목은 셀 수 없이 많다. 그렇게 많은 제목을 달았지만
나를 위한 하나의 제목은 만들지 못한다. 그 하나의 제목을 가지고 있지
못하다. 누군들 그걸 가지고 있으랴마는 이제는 그 제목 한 줄을 갖고 싶
다. 나중에 다시 고쳐 쓰더라도 마음에 꼭 드는 제목 한 줄을 갖고 싶다.

밥벌이라는
블랙홀

오랜만에 만난 친구들과 이야기를 하다가 누군가의 이름이 생각나지 않을 땐 이렇게들 말한다. 걔 있잖아, 은행 다니는 애. 그러면 다들 누구를 말하는지 안다. 은행에 다니는 그 친구는 퇴직 후에 친구들에게 이렇게 불릴 것이다. '은행 다녔던 걔.' 정부 부처에서 일하는 이웃 사람은 '공무원 하던 아무개'라고 불리게 될 거라는 것도 예상이 가능하다. 청소 일을 하던 사람은 '청소부 김 씨'로 불릴 것이고 떡집을 하던 사람은 '떡집 하던 이 씨'로, 펀드매니저로 일하던 사람은 '증권회사 다니던 최 씨'로 불릴 것이다. 노동은 그렇게 사람을 규정짓는다. 그가 어떤 사람인지로 기억하는 경우는 그리 많지 않다. 어떤 일을 하던 아무개로 사람은 기억된다.

사람은 평생 노동을 한다. 노동을 해서 생활을 유지하고 식구를 부양하고 아이를 기른다. 살면서 피할 수 없는 게 한두 가지가 아니지만 노동 역시 피할 수 없다. 그 노동은 며칠 또는 몇 년짜리 노동이 아니다. 몇십 년의 시간으로 평생 동안 이어지는 노동이다. 그렇게 긴 노동이 끝나고 난 뒤 친구는 은행원이 자신의 삶이었다는 걸 어떻게 생각할까. 이웃집 사람은 공무원이 자신의 삶 자체였음을 선선히 받아들일까. 긴 시간의 노동이 끝난 뒤에 자신이 무엇을 하던 누구로 불리게 될 것임을 모두 안다. 그것을 받아들일 수밖에 없다는 것도 안다. 그러나 그게 기쁠지는 알 수 없는 일이다.

노동은 평생 동안 이어지고 삶 전체를 규정지어 버리지만 정작 삶이 되지는 못한다. 평생 그 일을 하고 살았음에도 그것이 나의 삶이라고 인정하고 싶어 하는 사람은 많지 않다. 직업의 의미는 여러 가지가 있다고들 말한다. 대표적인 게 생계 수단, 사회적 수단, 자아실현이다. 그런 직업의 의미는 책 속에서만 혹은 시험지의 답안으로만 존재한다. 직장에서 맡겨진 일을 하면서 자아를 실현한다고 생각하는 건 희귀한 일이다. 현실 속에서 노동은 자아실현이 아니라 생계실현의 수단이다.

"이게 내 삶이라고? 절대 그렇지 않아요. 한 번도 그렇게 생각해본 적 없어요." 지금 하고 있는 일이 자신의 삶이라고 생각하느냐는 말에 후배는 손사래를 친다. 비웃음과 쓴웃음이 섞인 것 같은 표정으로 고개를 젓는다. 책에서는 이렇게 일러준다. '돈을 위해서만 일하지 말라.' 성공의 의미를 알려주는 사람은 이렇게 말하기도 한다. '좋아하는 일을 하다 보면 돈은 저절로 따라온다.' 맞는 말이다. 절대 틀리지 않은 말이다. 이상적인 노동이다. 그것이야말로 삶 자체가 되는 노동이다. 그러나 그건 너무 멀고 어렵다. 법은 멀고 주먹은 가까운 것처럼 이상적인 방법은 항상 어렵고 힘들다. 그곳까지 가기도 전에 대부분 주저앉거나 견디기 힘들 정도로 심하게 배를 곯는다. 그래도 가야 한다고 하겠지만 그건 말로만 가능하다. 누군가는 그 말대로 다시 일어나 걸어서 삶 자체가 되는 노동을 하는 자리에 서겠지만 불행하게도 그 사람이 나는 아닐 것 같다. 누구나 삶을 위한 노동을 원한다. 그러나 평생 매달리게 되는 건 돈을 위한 노동일뿐이다.

원하는 삶을 살기 위한
노동은 가능할까

　　　　　　　　　　　　필요한 것이 마련되었다고 판단되면,
그 해의 남은 시간 동안에는 더 이상 농사를 짓지 않았고, 돈을 더 벌지
도 않았다. 한마디로, 먹고 사는 것만 해결하고자 했으며, 이렇게 일단
기본 생활 수단이 마련되면 다른 일들에 관심을 돌려 열중했다. 우리가
관심을 가진 것은 사회활동, 그리고 독서와 글쓰기와 작곡 같은 취미생
활이었다.

　　　　　　　　　　　　　　　　　　　　　　　　—《조화로운 삶》중에서

스코트 니어링과 헬렌 니어링은 대공황이 진행 중이던 1932년 뉴욕에서
버몬트 시골로 이사를 한다. 도피가 아니었다. 대공황의 고통을 피해 달
아나는 게 아니라 그 반대였다. 자신들의 삶에 더 열중하고 몰입하기 위
해서였고 삶에서 더 많은 것을 얻기 위해서였다. 그들은 도시에서 계속
살 수도 있었지만 그런 삶의 환경은 그다지 마음에 들지 않았다. 그래서
슬프고 야만스러운 도시의 삶을 버렸다. 그들이 '불황과 실업의 늪에 빠
져서 파시즘의 먹이가 되어버린 사회'라 불렀던 곳을 떠나 이사를 했다.
스스로의 노동으로 독립된 경제를 꾸리고 되도록 많은 자유와 해방을 누

리는 게 그들이 원한 삶이었다. 틀에 갇힌 강제적 삶이 아니라 존중되는 삶을 추구했다. 걱정과 두려움과 증오가 차지한 자리를 평정과 뚜렷한 목표 그리고 화해에 내주고자 했다.

'빵을 벌기 위한 노동은 하루에 반나절만 하고 나머지 시간은 자신을 위해 쓴다. 한 해 동안 먹을 양식이 마련되면 더 이상 일하지 않는다.' 그들은 철저하게 자신들만의 노동 방식을 추구했다. 삶을 위한 원칙도 그만큼이나 철저하게 지켰다. 일 년에 한두 달은 여행을 하며 깨끗한 양심으로 살고 깊은 호흡을 유지한다는 것이 그것이다. 그런 방식을 유지할 수 있었던 것은 삶은 만족스러운 것이어야 한다는 철학을 실현하고자 했기 때문이다.

도시 속에서 뚜렷한 삶의 철학 없이 사는 우리는 궁금해진다. 그래서 그들은 돈을 위한 노동에서 벗어날 수 있었을까? 잘 먹고 잘 살았을까? 돈을 위한 노동에서 완전하게 벗어나지는 못했지만 충분히 잘 먹고 잘 살았다. 먹고살아야 하기에 거친 노동을 했고 생활에 필요한 돈을 벌기 위해 단풍나무 시럽을 만들어 팔았다. 그러나 그것은 돈을 벌기 위한 노동은 아니었다. 원하는 삶을 유지하기 위한 노동, 삶을 위한 노동이었지 돈만을 위한 노동이 아니었다. 그러기에 양식이 마련되면 더 이상 노동을 하지 않았다. 돈을 벌어들이는 것보다 삶을 더 중요하게 여겼다. 그들은 추구했던 삶을 일구어냈고 그들의 노동은 삶 그 자체가 되었다.

스코트 니어링과 헬렌 니어링은 다른 책을 인용해서 이렇게 말한다. "삶의 중요한 요소가 짜증스럽다면, 무슨 살맛이 나겠는가? 특히 언제나 중요한 요소로 있어야 하는 것이 그렇다면, 정말 그래서는 안 된다. 참된 경제활동이란 당신이 날마다 하는 일 바로 그것에서 스스로 큰 즐거움을 얻는 것이다."

대부분 그렇지만 돈을 벌기 위한 노동을 한다. 삶의 중요한 요소가 짜증스럽지 않기를 바라지만 어려운 일이다. 노동에서 즐거움을 얻기 원하지만 선뜻 그렇다는 말이 나오지 않는다. 자아실현이고 기쁨이었으면 좋겠지만 그렇다고 말하기 힘들다. 니어링은 삶의 중요한 요소가 짜증스러워선 안 된다고 한다. 날마다 하는 일에서 큰 즐거움을 얻어야 한다고 말한다. 그러나 현실은 전혀 그렇지 않다.

노동은 짜증스럽다. 평생을 바치고 있음에도 삶에 아무것도 남기지 못한다. 그 노동으로 긴 시간을 먹고살았으니 고마운 일임에는 틀림없다. 그러나 그 지점에서 모든 건 끝나고 만다. 생계를 유지한다는 크나큰 명제에 모든 것을 묻어버려야 하기 때문이다. 한 번 밖에 살지 못하는 삶의 대부분을 바치는 것은 물론이고 한없이 자유로워야 할 머릿속 생각조차도 꽁꽁 묶어놓아야 한다. 자유는 얽매이고 꿈도 눈물도 땀도 아낌없이 던져줘야 한다. 노동은 삶의 거의를 앗아간다. 그래도 어쩔 수 없다. 먹고살아야 하고 그보다 중요한 것은 없다. 별일 없이 먹고살았다면, 게다가 풍족하게 먹고살았다면, 노동은 고마운 애정의 대상이 된다. 반면에 모든 삶을 빨아들였다는 점에서는 증오의 대상이 된다. 증오의 대상으로 변하는 순간 노동은 노동 자체로 끝날 뿐이고 삶이 되지 못한다.

삶 자체가 될 수 있는
노동을 꿈꾼다

《거침없이 제주이민》은 제주도에 건너가 남다른 삶을 살고 있는 열다섯 사람을 소개한다. "먹고산다는 인간 세상의 중력에서 조금만 비켜서면, 사람은 전에 보지 않았던 것을 보고, 생각하지 않았던 일을 꿈꿀 수 있다." 저자는 살짝만 발을 옮겨보면 된다고 부드럽고 달달한 목소리로 꾀인다. 제주에 사는 책 속 그들의 노동은 조금 다르다. 신선이 아니니 생계의 문제를 벗어날 수는 없는 일. 벌이에 나서기는 하지만 넉넉하지 못한 벌이를 한다. 그 벌이에 맞추어 살고 대신에 나름대로 원하는 삶을 누리며 산다. 남들과는 조금 다른 셈법으로 꾸려가는 것이다.

먹고살아야 한다는 현실을 넘어설 수 있는 노동을 만나기는 쉽지 않다. 그런 노동은 없다고 해도 틀리지 않는다. 결국 노동은 돈을 따라 가고 세상의 노동은 돈을 위한 노동이 된다. 남는 것은 삶을 보는 시선일 것이다. 나의 셈법이 무엇이냐를 정해야 하는 건 모든 사람에게 주어진 방정식이다. 모두들 자신만의 답을 풀고 만들어간다. 문제는 같은 문제이지만 답은 같은 게 하나도 없다. 어떤 문제보다 어렵고 그렇다고 안 풀고 넘어갈 수도 없는 게 노동의 방정식이다.

'삶을 넉넉하게 만드는 것은 소유와 축적이 아니라 희망과 노력이다.' 니어링 부부는 자신들이 만든 해답을 보여준다. 그 해답은 답이 아니라 또 하나의 문제가 된다. 돈을 위한 노동이 아니라 삶을 위한 노동이라는, 남다른 셈법으로 만든 해답이니 그럴 것이다. 그 해답을 나의 것으로 받아들이려던 손길은 허공에서 잠시 멈칫한다. 두렵다. 소유와 축적을 외면하고 산다는 걸 어디 한번 생각이나 해본 적이 있단 말인가. 그럼에도 손길을 거두어들이지는 못한다. 그런 노동을, 그런 삶을, 살아보고 싶기 때문이다. 그래서 손길은 중간의 허공에 엉거주춤 머무른다. 돈을 위한 노동과 삶을 위한 노동의 중간에서 손길도 마음도 길을 잃어버린다.

돈을 위한 노동은 피할 수 없는 절박한 현실이다. 삶을 위한 노동을 원하지만 그건 개꿈이거나 백일몽일 것이다. 그래서 노동은 더 슬픈 것인지도 모른다. 그렇게 따지면 세상의 노동은 슬픔으로 가득 차 있겠지만 그걸 부인할 수 있는 사람은 또 얼마나 되겠는가.

니어링 부부가 던져준 '희망과 노력'은 이쯤에서 개꿈과 백일몽의 슬픔을 달래준다. 슬픔은 영원한 슬픔으로 끝나지 않는다는 걸 살아본 사람은 안다. 개꿈이 언젠가 이루어지는 꿈이 되기도 한다는 것 역시 알고 있다. 돈을 위한 노동을 벗어나지는 못하고 있지만 꿈은 자유롭게 날아다닌다.

삶을 위한 노동을 하는 순간이 한 번은 올 것이다. 그러리라 믿는다. 주어지지 않는다면 만들어낼 수도 있을 것이다. 여전히 꿈을 꾸고 여전히 꿈을 버리지 않는다. 여전히 희망은 있다는 믿음을 품는다. 너무 막연하다고? 세상은 막연함으로 가득 차 있다. 우리가 태어날 때도 막연했다. 계획을 갖고 태어난 사람은 아무도 없다. 그래도 이제까지 하나씩 이루며 살아왔다. 왜 이루지 못한다는 말인가. 삶 자체가 될 수 있는 노동을.

버려지는 것은
없다

아르헨티나 땅에 발을 디뎠던 그 순간, 이 글을 쓴 사람은 사라지고 없는 셈이다. 이 글을 다시 구상하며 다듬는 나는 더 이상 예전의 내가 아니다. '우리의 위대한 아메리카 대륙'을 방랑하는 동안 나는 생각보다 더 많이 변했다.

—《체 게바라의 모터사이클 다이어리》 중에서

의과대학을 다니던 체 게바라는 친구인 그라나도와 함께 오토바이로 남아메리카 전역을 돌아보는 여행길에 오른다. 아홉 달 동안 계속된 그 여행에서 체 게바라는 사라졌다. 자신의 말처럼 '예전의 그'는 없어졌다. 스물세 살이라는, 어리다고 할 수도 있는 나이에 그는 전혀 다른 사람으로 다시 태어났다. 의사를 꿈꾸다 행로를 바꾼 체 게바라는 세상의 혁명을 이끌기 이전에 자신의 삶에서 먼저 혁명을 이루었다. 남아메리카 대륙 순례라는 젊은 날의 혁명이 자신을 바꾸고 세상을 바꾸었다.

체 게바라의 젊음은 그렇게 데일 듯 뜨거웠지만 내 젊음은 참 시들하고 어두웠다. 지방의 대학으로 진학한 나는 그나마도 감지덕지해야 할 처지였음에도 학교가 못내 마음에 들지 않아 얼굴을 잔뜩 찌푸렸다. 이십 대의 그 봄날, 짐 보따리 몇 개와 함께 홀로 몸을 눕힌 지방 도시는 많이 낯설었다. 한 번도 와보지 않았던 낯선 도시에서 할 수 있는 일은 많지 않았다. 학교는 익숙해지지 않았고 사투리를 쓰는 그 지역 출신 동기들과는 쉽게 친해지지 않았다.

자취방의 작은 부엌에는 코펠과 곤로가 가장 넓은 자리를 차지했다. 책상도 없는 방에는 가로세로 1미터 정도의 창문이 골목으로 찾아온 햇빛을 겨우 받아들이고 있었다. 방문을 열면 반쯤 녹슨 철대문과 작디작은 마당과 수돗가가 보이는 그 방에서 수업이 없는 오후에는 문지방을 베고 낮잠을 잤다. 햇살은 작은 마당을 덮으며 서쪽으로 흘러갔고 앞집 담장 위로 솟아 있는 감나무가 햇살 가득한 마당을 내려다보았다. 지방대, 외로움, 왜 해야 하는지도 모르는 공부. 정경은 평화롭고 낮잠은 달콤했지만 그 시절은 결코 달콤하지 않았다. 시들하고 우울하고 답답한 젊음이었다.

무얼 이루겠다고 굳은 마음을 먹은 적도 없었고 특별한 꿈이 있지도 않았다. 굳은 마음을 먹었다면 오늘 저녁에는 라면을 정말 맛있게 끓여보자는 정도였고 꿈이라는 단어는 애당초 개념조차 머릿속에 집어넣어 보지를 못했다. 제대로 된 연애를 해본 기억도 없다. 그렇다고 공부를 미친 듯이 한 것도 아니다. 수업은 안 들어가기 일쑤였고 시험 때나 돼야 책을 펼치고 자리에 앉았다. 학점은 당연히 좋을 리가 없었다. 내 젊음은 도대체 무엇 하나도 제대로 하지 못하는 그런 시간들이었다.

누구나 젊은 시절
작은 우물을 파두었다

지나간 젊음 시절을 뿌듯한 마음
으로 기억하는 사람은 드물다. 청춘의 뜨거움을 떠올릴지는 몰라도 기
쁜 청춘을 떠올릴 수 있는 사람은 많지 않다. 언제 돌아보아도 초라하고
우울하고 시들다. 무언가를 이룬 것보다는 못 이룬 것들만 기억을 채
운다. 그래서 어느 누구라고 할 것 없이 지난 시간은 후회스럽다. 후회의
느낌은 이런 것이다. 그 시간을 지워버리고 싶다거나 다시 써보고 싶다
는. 불행인지 다행인지 그런 기회는 주어지지 않는다.

지나고 흘려보낸 시간은 항상 후회스러운 것일까? 아니면 덧없이 초
라한 것일까? 젊음은 누구에게나 힘든 시간이다. 길을 모르니 헤매고 다
닐 수밖에 없고 세상을 모르니 배워야 하는 시간이다. 청춘의 한 시절뿐
만 아니라 지나온 시간들은 대부분 신기할 정도로 같은 모습을 지니고
있다. 같은 생각으로 같은 행동으로 살지 않았을 텐데 시간들은 지나고
나면 비슷해 보인다. 열심히 산다고 살았어도 돌아보면 후회스럽고 아쉽
다. 지나온 시간들은 모두 황무지인 것일까? 그 시간에 다른 의미는 없는
것일까?

누구는 스물에 인생의 방향을 정한 꿈을 꾸었다고 하고 누구는 대학
교 다닐 때 삶의 지표를 찾아 간직했다고 한다. 나는 아무런 꿈도 아무런
지표도 찾지 못했다. 아무런 생각 없이 젊음을 소비했다. 체 게바라가 혁
명을 하고 있을 때 나는 젊음을 연명하고 있었다. 다시 돌아보았을 때 내

젊음은 무의미했고 버려진 황무지처럼 보였다. 아무 쓸모도 없는 버려진 땅, 풀 한 포기조차 제대로 키워내지 못할 그런 땅처럼 보였다. 그런 땅에도 오아시스가 있을까. 아무리 험한 사막에도 오아시스는 있다고 하던데 황량한 땅처럼 보이는 내 젊음에도 오아시스가 있었을까. 그래서 숨은 듯 무언가를 키워내고 있었을까. 그랬다. 오아시스는 고사하고 물 한 줄기조차 흐르지 않는 것처럼 보였지만 버린 것 같았던 젊음은 작은 우물을 가지고 있었다. 잘 보이지도 않을 정도의 작은 우물이었다. 그럼에도 말라가는 사막을 지키겠다는 듯 오랫동안 물을 머금고 있었다. 우물의 존재를 아무도 몰랐고 긴 시간 동안 누구도 찾아주지 않았지만 우물은 여전히 물을 품고 있었다. 많은 시간이 지나 목마른 내가 찾아갔을 때 우물은 기다렸다는 듯 맑고 시원한 물을 퍼올려 주었다.

청춘 시절의
목적 없는 글쓰기

문지방을 베고 낮잠을 자던 자취방에서, 햇살을 내다보며 가지고 놀기 좋은 장난감은 책이었다. 친숙하게 지내온 책은 가장 좋은 놀잇거리였고 내 젊음에 우물 하나를 만들어 주었다. 쥐꼬리보다 작은 생활비로 월세를 내고 교통비를 하고 나면 남는 돈이 별로 없었다. 그래도 그 돈에서 책을 샀다. 책을 많이 살 수는 없었지만 읽기에 부족하지도 않았다. 수많은 작가를 만났고 그들의 작품을 끊임없이 읽어나갔다. 어떤 작가이든, 어떤 장르이든 작품들을 만나는 것이 즐거웠다. 문학과 역사와 사회가 어우러져 몰려왔다.

어느 순간 신춘문예의 유혹이 다가왔다. 저들처럼 이렇게 멋진 문학 작품을 써보고 싶다는 마음은 거부하기 힘든 유혹이었다. 나는 분명 작가가 될 것이었다. 어느 신문의 새해 첫날 신년호에 내 사진이 실릴 것이었다. 소설을 쓰기도 전에 당선소감이 먼저 고민됐다. 그렇게 한 편의 글을 완성했다. 하지만 마감 기한은 지나 있었다. 마감 기한이 남아 있더라도 응모하기에는 너무나 부족한 글이었다. 원고는 던져지고 잊혔다. 작은 글쓰기가 이어졌다. 일기를 쓰고 산문을 쓰고 편지를 썼다. 쓰고 싶다는, 이유 없는 하나의 욕망만 있었다. 마음이 안 좋을 때 글을 쓰면 얹힌 게 내려가듯 시원해졌다. 비 오는 저녁에는 친구에게 편지를 쓰고 햇살 좋은 날은 일기를 쓰듯 무언가를 썼다. 글쓰기는 마약 같은 쾌감을 줬다. 그 쾌감에 한 발 또 한 발 빠져들었다. 하지만 무얼 해야 할지도 모르고 살던 청춘의 시기에 목적 없는 글쓰기는 오래가지 못했다.

학교를 졸업했고 취직을 했고 결혼을 했고 아이를 낳았다. 글쓰기는 그 어느 곳에도 없었다. 순간순간 가슴이 막힐 듯 사는 게 답답하게 느껴졌다. 또 다른 분출구는 없는 걸까 멍하니 하늘을 바라보는 때가 많아졌다. 도대체 뭘 할 수 있을까. 돈 버는 것 말고, 먹고사느라 징징대는 것 말고. 손에 넣고 놀 수 있는 무언가를 갖고 싶었다. 할 수 있는 건 별로 없었다. 아니 하나도 없었다. 그 많은 시간을 살아오면서 뭘 했다는 말인가. 더 답답해지기만 했다.

허송세월 같은 오늘도
미래의 우물을 판다

언제였던가. 할 수 있는 것들의 목
록을 큰 노트에 적어내려 갔다. 직업이 될 만한 것들도 있었고 즐거운 놀
이인 것들도 있었다. 노트 두 페이지에 적힌 것들을 보면서 고르고 골랐
다. 별로 없었다. 적지 않은 세월을 살아왔지만 갖추고 있는 삶의 특기가
거의 없었다. 적혀 있던 것들 중의 하나인 글쓰기는 애써 외면하려 해도
외면하기 힘들었다. 다른 것보다 상대적으로 친숙했고 그나마 상대적으
로 나아 보이는 것이었다. 글쓰기는 그렇게 다시 찾아왔다. 그리고 그때
알았다. 그것이 무의미해 보였던 젊음이 나를 위해 만들어놓았던 우물이
라는 것을.

젊은 날의 글쓰기는 긴 시간의 강을 건너 찾아왔다. 그 불길에 이끌
려 한 권의 책을 펴낼 수 있었다. 책이 나오기까지는 많은 시간과 우여곡
절이 있었지만 작은 불씨가 키워낸 큰 불길이었다. 젊은 날의 치기와도
같았던 신춘문예의 잊힌 꿈이 나로 하여금 쓰도록 만들었다. 그리고 책
을 지을 수 있게 했다.

젊음과 함께 버려졌던 글쓰기가 다시 시작되었다. 이 길의 끝에 무
엇이 있는지 모른다. 그냥 길을 갈 뿐이다. 미약하게 시작했고 창대한 끝
을 꿈꾸지만, 한나절 달콤한 낮잠 속의 꿈으로 끝날지 현실로 이루어지
는 꿈이 될지는 알 수 없다. 밥이 될 만큼 많은 돈을 가져다주지도 않지
만, 대단한 지위를 만들어주지도 않지만, 이 작은 우물은 소중하고 반갑

다. 기대보다 두려움이 더 크지만 그래도 발을 옮긴다.

　내 젊음도 무의미했던 것은 아니었나 보다. 젊은 날의 꿈이 나이든 나를 다시 살려내고 있으니 말이다. 세기의 우상이 된 체 게바라의 혁명에 비할 수야 있겠냐마는 나의 젊음도 나름대로 작은 혁명을 준비하고 있었나 보다.

　후회스럽든 자랑스럽든 버려진 시간은 없다. 바보 같고 우울하다고 여겼던 젊음에도 물이 가득한 우물이 하나쯤은 숨겨져 있다. 시간을 밟아가며 산다는 것은 매순간 우물을 파고 있는 것이다. 삶이라는 길을 걸을 때 필요한 물을 구하기 위해서. 지워버리고 싶어 하는 시간들을 뒤적여보면 그곳에도 작고 큰 우물이 있다. 살아가는 모든 시간이 나를 만들어낸다. 여태껏 살아온 시간들은 지금의 나를 빚어내고 지금 살아가는 이 시간도 후일의 나를 만드는 과정이 된다. 버려지는 시간이란 없고 버려진 시간도 없다.

아픈 나를 어루만지다

Who am I,
너는 누구냐

사랑의 반대말은 미움이 아니라 무관심이라고 한다. 미움은 감정이고 미련이다. 좋아하지는 않지만 여전히 감정이 남아 있다는 뜻이다. 반면에 무관심은 상대방이 어떤 짓을 하든 어떤 상태이든 상관하지 않는다. 아예 감정의 흔들림이 없는 것이다. 그런 상태를 일컫는 무관심이 사랑의 반대말이라는 견해는 참 적절하다.

사랑을 하면 또는 사랑에 빠지면 관심이 생긴다. 관심이 생기면 사랑의 대상에 대해 알고 싶어진다. 알고 싶어지면 자꾸 묻는다. 〈사랑 손님과 어머니〉에서 사랑방에 세 든 선생님은 꼬마 옥희에게 이것저것 질문을 던진다. 혼자된 옥희 엄마에 대한 관심의 표현이다. 사랑의 감정이 생겨나니 궁금한 것들이 많아지는 것이다.《로미오와 줄리엣》의 로미오 역시 마찬가지다. 캐풀렛 집안의 연회 자리에서 줄리엣을 발견한 로미오는 하인에게 '저 여인이 누구냐'고 묻는 것으로 사랑을 시작한다. 그러고는 줄리엣의 옆으로 가서 손을 잡고는 '당신의 어머니가 누구냐'고 다시 묻는다. 이른바 호구조사다.

문학작품 속 사랑의 주인공이 아니어도 마찬가지다. 마음에 드는 사람을 만나게 되면 여러 가지를 묻는다. 나이는 얼마인지, 무슨 일을 하는지, 사는 집은 어디인지, 가족관계는 어떻게 되는지 등등을 묻는다. 호구조사를 하는 건 로미오나 현대의 연인들이나 다를 게 하나도 없다. 관심이 생기고 알고 싶어지니까 그렇다. 이처럼 사랑에 빠지는 첫 단계는 관심과 그에 따른 궁금증이다. 사랑이 없다면? 알고 싶어 하지 않고 묻지도 않는다. 관심이 없으니 알 필요도 없다. 그 사람이 무얼 좋아하는지, 무슨 일을 하는지, 어느 때 기분이 좋은지, 어떤 일로 화가 나는지, 알아야 할 이유가 없다. 알고 싶지 않고 알지도 못한다. 사랑하느냐 사랑하지 않느냐 또는 마음이 쏠리느냐 아니냐의 차이는 그렇게 간단하다.

내가 뭘 하고 싶은지 모르겠어요

"사랑하면 알게 되고, 알면 보이나니,
그때 보이는 것은 전과 같지 않으리라."

—《나의 문화유산답사기 1》중에서

유홍준 교수의 책《나의 문화유산답사기》는 오랜 세월에 걸쳐 7권까지 나왔다. 시대와 대중의 아낌없는 사랑을 받은 그 책들 중에서 몇 번째 책이 더 낫네 못하네 하는 건 의미가 없다. 어떤 것을 읽어도 눈을 뜨이게 하는 내용과 차진 문장들이 읽는 사람을 끌어들인다. 책을 펴면 마치 내가 지금 문화유산을 찾아 답사를 하고 있는 듯한 느낌을 주고 눈앞에 그 유적이 있는 듯하다. 책마다 재미의 더하고 덜함이 없으니 어느 책을 집어 들어도 같은 크기의 즐거움을 준다. 그래도 그중에서 가장 기억에 남고 먼저 떠오르는 것은 첫 번째 책이다. 책의 서문에서 그 문장을 만났기 때문이다. '사랑하면 알게 되고, 알면 보이나니, 그때 보이는 것은 전과 같지 않으리라.'

책의 서문에 실려 있는 한 줄의 문장은 하나의 깨달음과도 같았다. 그 한 줄은 이미 오래전부터 있었다. 책의 저자가 밝혔듯이 조선시대 한 문인의 글 속에 담겨 있던 문장이다. 그러나 아무도 그 의미를 깊이 생각하지 않았기에 문장은 잊혔다. 그리고 수많은 시간이 지나서 새로운 생명을 얻었다. 삶의 오묘한 이치를 고갱이만 담아낸 문장은 너무나 당연한 의미를 담담하게 전하고 있다. 무릎을 치게 만드는, 고개를 끄덕이게 만드는 그 문장은 사람들의 입에 수시로 오르내리는 글이 되었다. 삶의 한 이치를 꿰뚫고 삶을 말하는 문장이 되었다.

우리는 참 많은 걸 사랑한다. 사람마다 사랑의 대상은 다르지만 혹은 그 사랑을 부인하기도 하지만 사랑하는 것들이 적지 않다. 누구는 돈을 사랑하고 누구는 술을 사랑한다. 누군가는 골프를 사랑하고 누군가는 음식을 사랑한다. 책을 사랑하기도 하고 당구를 사랑하기도 한다. 이성을 사랑하는 건 물론이다. 그것이 취미이건 욕심이건 욕망이건 사랑의 다른 이름으로 보아도 된다. 사랑이 생기니 관심이 생기고 관심이 생기니 알고 싶어 한다. 음식을 좋아하는 사람은 어느 식당의 어느 음식이 맛있고 뛰어난지 꿰고 있다. 새로운 맛집을 발견하면 달려가는 수고를 아끼지 않는다. 골프를 좋아하는 사람은 생활과 대화의 대부분이 골프로

채워지고 연결된다. 골프 책을 사보고 퇴근 이후에도 피곤한 몸을 이끌고 기꺼이 연습을 한다. 술을 좋아하면 수많은 종류의 술을 섭렵한다. 몸을 아끼지 않고 술을 즐긴다. 돈을 벌려는 노력은 또 어떤가. 재테크를 도와주는 책은 항상 쉬지 않고 팔린다. 공부하는 사람들이 많아서이다. 공부도 하고 실제로 시도도 하고 돈을 많이 번 사람에게 서슴없이 묻는다. 알고 싶어서이다. 어떻게 해야 돈을 벌 수 있는지 궁금하기 때문이다. 아닌 것 같지만 우리는 생각보다 많은 걸 사랑하고 있다. 그리고 생각보다 많은 걸 알고 있다.

"난 도대체 내가 뭘 하고 싶은지 모르겠어요." 후배가 문득 그렇게 말을 한다. 후배의 말은 이런 뜻이었다. 복권이 당첨되고 많은 돈을 받았다고 하자. 먹고살 걱정은 죽을 때까지 하지 않아도 된다. 직장을 다녀도 되고 안 다녀도 되고, 말하자면 돈을 벌기 위한 일은 하지 않아도 된다는 말이다. 이제 하고 싶은 걸 마음대로 할 수 있다. 그 시점에서 자기는 무엇을 하고 싶을까 생각을 해보았단다. 뜻밖에도 답이 나오지 않았다. 마음대로 놀 수도, 아무 때나 여행을 갈 수도 있다. 좋기는 하겠지만 그것도 한두 번이다. 그 이상은 아무런 기쁨이나 재미를 얻지 못할 것이란 걸 쉽게 알 수 있다. 그렇다고 특별히 하고 싶은 일도 없다. 마음에 두고 있는 것도 꼭 이루고 싶은 것도 딱히 떠오르지 않는다. 후배는 답을 찾지 못했고 답답하다고 했다. 나이를 이렇게 먹어도 그런 것조차 알지 못한다는 게 더 답답하다고 했다. 자기 자신을 스스로도 모르겠다는 것이다.

그때 그 문장이 생각났다. '사랑하면 알게 되고, 알면 보이나니, 그때 보이는 것은 전과 같지 않으리라.' 그 문장대로라면 후배는 자신을 사랑하지 않는 것일까. 그래서 자신을 알지 못하고, 알지 못해서 보이지 않는 것일까. 그렇다면 나는 얼마나 나를 알고 있는 걸까. 후배가 말한 것처럼 복권이 당첨되고 생계 걱정이 없고 마음대로 하고 싶은 걸 하라고 하면 나는 무얼 하겠다고 나설까. 나도 그것을 모른다.

넌 누구냐?
나는 답을 모른다

다시 그 문장을 불러와본다. '사랑하면 알게 되고, 알면 보이나니, 그때 보이는 것은 전과 같지 않으리라.' 사랑하는가, 나를. 그래서 알고 있는가, 나를. 보이는가, 내가. 적지 않은 시간을 살았음에도 나는 나를 제대로 사랑해본 기억이 없다. 아니 제대로 생각해본 기억도 없다. 생각하고 살았던 것은 내가 아닌 나를 둘러싼 것들이었다. 나의 몸과 마음을 둘러싼 밖의 것들과 주변의 것들을 생각하고 사랑했다. 사랑의 대상에 나의 존재는 없었다.

삶은 수시로 질문을 던진다. 어떻게 돈을 벌 것인가. 어떻게 더 많이 벌 것인가. 어떤 직장을 택할 것인가. 이 직장을 그만둘 것인가. 그럼 어떤 일을 하고 살 것인가. 점심은 무얼 먹을 것인가. 오늘 저녁 술자리는 누구와 할 것인가. 아이를 어떤 학교에 보낼 것인가. 이사는 어느 곳으로 가는 게 좋을까. 우리는 답을 한다. 많은 생각을 하고 가장 적절한 답을 찾는다. 답을 하지 않고 지나가는 적은 드물다. 답을 해야만 삶이 이어진다. 산다는 것은 끊임없는 질문과 그 질문에 대한 답이 모여 하나의 궤적을 이룬다. 끊임없는 질문에 끊임없는 답을 하는 것, 그것이 삶이다. 삶은 그렇게 거대한 질문의 덩어리다. 그 많은 질문의 답을 찾아다니느라 바쁜 우리는 정작 스스로에게는 질문을 하지도 않고 답을 찾지도 않는다.

넌 누구냐. 나는 답을 모른다. 어느 날인가, 하루가 무료하고 시들한 일상이 이어질 때 도대체 무얼 하면 재미가 있을까 질문을 떠올리곤 답을 찾지 못했다. 어느 날인가, 일이 제대로 되지 않아 울적함에 빠졌을 때 무엇이 나를 기쁘게 할까 하는 질문에도 답을 찾지 못하기는 마찬가지였다. 그러고 보니 언제 행복을 느끼는지, 언제 슬픈지, 언제 고통스러운지도 전혀 알지 못했다. 무엇보다 알려고 하지 않았다. 그저 쏟아지는 상황 속에서 밀려오는 것들과 주어지는 것들이 던져주는 대로 기뻐하고 슬퍼하고 고통스러워했다.

넌 누구냐. 나는 답을 모른다. 사람을 만나면 명함을 주고받고 어느 회사의 아무개입니다, 라고 말을 한다. 업무가 아닌 일로 사람을 만날 때도 다르지 않다. 그게 나인가. 아직도 여전히 궁금하다. 그게 진정 나를 말하는 것인가. '꿈을 그려주는 사람'이라고 적힌 명함을 받은 적이 있다. 적잖이 당황스러웠다. 직업과 직함이 없는 명함은 당황스러웠지만 신기하고 재미있었다. 그런 명함을 갖고 싶은 마음이 들었지만 결국은 만들지 못했다. 이유는 하나. 명함에 넣을 문구가 없었다. 내가 무엇을 하는 사람이라는 건 회사의 직함뿐이었다. 직함을 떠난 내가 누구인지는 나도 모른다.

나는 세상에서 가장 깊은 광산이다

어느 해 겨울에 짧은 휴가를 얻어 남도로 달려간 적이 있다.《나의 문화유산답사기》첫 번째 책을 읽은 지 십 년도 더 지난 뒤였다. '남도 답사 일 번지'로 시작하는 그 책은 읽기 시작하자마자 사람을 빨아들였다. 책의 감흥은 그대로 가슴에 남았고 남도를 향한 그리움은 오래도록 가슴 속에서 묵혀졌다. 십여 년이 지나도 그리움이 그대로 남아 있을 만큼 책은 강렬했다. 서문의 그 한 문장에 감탄하고 그 강렬함을 잊지 못해 남도로 갔다. 책 한 권을 읽고 여태껏 눈도 돌리지 않던 문화유적에 사랑이 생겼을 리는 없다. 그렇다고는 해도 책으로 알게 되고, 알게 되니 보고 싶어지고, 직접 보니 역시 전과 같지는 않았다.

나를 보는 눈도 그러하리라. 사랑하면 관심이 생기고 관심이 생기면 알고 싶어지리라. 그리고 알게 되면 그때는 보이는 것도 달라지리라. 나는 세상에서 가장 깊은 광산이다. 파고 또 파고들어 가도 끝에 도달하기 어려운 그런 광산이다. 그래도 더 깊은 나를 보려면, 제대로 된 나를 보려면 끝까지 파보아야 할 것이다.

　나를 사랑하는가 하는 질문에, 나는 무엇을 하고 싶은가 하는 질문에, 나는 언제 행복한가 하는 질문에 자신 있게 대답을 하지 못하는 것은 그 광산이 어디에 있는지조차 몰라서다. 알아야겠다. 결국 모르게 될지라도, 결국 답을 찾지 못할지라도 광산을 파보기는 해야겠다. 사랑하고, 알게 되고, 보게 되고, 그래서 예전과 다른 나를 내 눈으로, 내 마음으로 보고 싶다. 그래서 어느 순간 삶을 돌아보았을 때 조금이라도 스스로가 기꺼운 마음을 가질 수 있었으면 좋겠다.

슬픔만 한 거름이
어디 있으랴

영화 〈아마데우스〉의 제목은 모차르트의 이름에서 따왔다. 볼프강 아마데우스 모차르트. 주인공은 당연히 모차르트다. 영화는 음악가 모차르트의 천재적 재능을 보여주고 그의 삶을 이야기한다. 그러나 시작부터 영화를 풀어가는 사람은 모차르트가 아니다. 모차르트가 아닌 살리에리가 영화를 풀어가는 주인공이다. 살리에리는 모차르트와 같은 시대를 살았던 뛰어난 음악가이다. 뛰어나기는 하되 모차르트보다는 못한 음악가였다. 자신이 궁정악장이어도 천부적 재능을 타고난 모차르트에 미치지 못한다는 걸 잘 알고 있었다. 그건 살리에리의 슬픔이었다. "신이여, 저에게는 단지 천재를 알아볼 수 있는 능력만 주셨습니까?" 천재 음악가 모차르트는 만인에게 음악이라는 즐거움을 선사했지만 살리에리에게는 슬픔을 선사했다.

'살리에리 증후군'이라는 용어는 그래서 나오게 되었다. 모차르트에게 살리에리가 느꼈던 열등감을 살리에리 증후군이라고 한다. 아무리 노력해도 자기의 재능으로는 넘어설 수 없는 어떤 것, 그 패배감을 그렇게 부른다. 살리에리는 결국 모차르트를 죽음에 이르게 만든다. 시기와 질투가 심해져 자신의 상황을 이겨내지 못한 것이다. 물론 역사가 아닌 영화 속에서의 이야기다.

소설가 박완서는 나이 마흔이 되던 해에 소설가로 등단한다. 결혼하고 주부로 살다가 소설을 쓰기 시작한 작가의 문학적 토양 중 하나는 전쟁이다. 바로 옆에서 삶과 죽음의 경계가 갈리는 전쟁이 그로 하여금 글을 쓰게 만들었다. 한국전쟁 때 작가는 오빠를 잃는다. 1·4후퇴 때 작가의 오빠는 두 다리에 총을 맞고 관통상을 입는다. 오빠 때문에 피난도 가지 못하고 서울에서 갖은 역경을 겪어야 했고 오빠는 결국 세상을 떠났다. 작가는 그때 일어난 일들을 날짜별로도 기억할 수 있을 만큼 생생하게 간직하고 있다고 했다. 너무 생생하고 시간이 아무리 지나도 잊히지 않아서 기억이 아닌 질병이라고 말할 정도로 깊은 슬픔이었다.

작가는 '언젠가 이 일을 이야기로 만들고 말리라'는 생각으로 그 시기를 견뎠다고 한다. 작가는 마흔이라는 나이에 소설을 쓰고 토해내듯 이야기를 시작한다. 소설가가 된 것으로 끝난 것이 아니라 그제야 이야기는 시작되었다. 작가 박완서의 이야기는 멈추지 않고 쏟아져 나왔다. 평생을 끌어안고 살았던 기억들은 글이 되고 소설이 되었다. 작가의 끔찍한 고통은 문학으로 모습을 바꿔 다시 태어났다.

슬픔은 그렇게 많은 것을 만들어낸다. 영화 속의 살리에리는 자신에게 닥친 슬픔을 넘어서지 못했다. 그에게 남은 건 살리에리 증후군이었다. 작가 박완서는 슬픔을 씨앗 삼아서 또 다른 삶을 만들어냈다. 작가는 상상 이상의 험한 세상을 살았지만 구슬처럼 빛나는 많은 작품들이 남았다. 우리는 살아가면서 만나는 슬픔들로 지금 무얼 만들고 있을까.

아무것도 아니라서 슬펐던
젊은 날

그녀의 시집을 본 건 백수 2년차 때였다. 취직한 친구들은 취하도록 술을 마신 다음에 돈이 있어도 일부러 명함을 내밀어 외상술을 먹곤 했다. 명함 뒤에다 사인을 획획 내갈기고는 내일 갖다 주겠다며 직장인이 된 재미를 톡톡히 즐기고 있었다. 돈도 없고 명함도 없는 내가 갈 곳이라곤 자취방과 도서관뿐이었다. 언젠가 취직이 된다는 보장도 없이 나이만 먹어가는 답답한 나날이었다.

시내에 나갔다가 심심풀이 삼아 서점에 들렀고 시집이 나란히 꽂혀 있는 곳에서 서성대다가 한 권을 뽑아들은 게 그즈음이었다. 이름을 들어보지 못한 시인이었다. 시집의 제목이 그럴 듯했다. '슬픔만 한 거름이 어디 있으랴'. 백수로 살아가는 고된 일상에 힘을 주지나 않을까 하는 생각이 들었다. 지금 겪고 있는 이 슬픔이 그래도 거름이 될 것이라는 말을 한마디해주지 않을까 하는 기대였다. 시집에는 앳된 얼굴의 여자가 슬며시 웃고 있었다. 언어의 정수라고 하는 시를 모아 시집을 내기에는 어려 보였다. 그러거나 말거나 제목이 마음에 들어서, 다른 책보다는 싸서, 사 들고 온 시집에 실린 시들은 당찼다. 시를 모르고 보아도 힘이 느껴졌고 그가 선택한 언어의 맛이 그대로 전해졌다. 도대체 이게 스물 중반의 처자가 쓸 수 있는 시인가 싶었다.

묘한 느낌이 들었다. 슬프다고 하자니 꼭 그런 것도 아니고 별것 아니라고 하자니 그렇지도 않은, 그런 느낌이 몰려왔다. 그때 나는 아무것도 아닌, 아무것도 한 게 없는 존재였다. 그런 존재가 슬펐다. 취직도 못했고 원하는 곳에 취직을 할 자신도 없었다. 취직 공부가 일이었고 시험을 보러 다니는 게 직업이었다. 그렇게 하루하루를 힘없이 살아가다가 만난 스물 중반의 암팡진 시어는 나를 더 슬프게 만들었다. 그는 자신의 시집을 내고 웃고 있었지만 그를 보는 나는 웃을 수 없었다.

잊을 만하면 마주쳐야 했던
슬픔들

고등학교 때 아버지가 돌아가시고, 상여가 산으로 올라갈 때야 깨달은 게 있었다. 이제 다시는 얼굴도 못 보겠구나. 아버지가 좋았다, 싫었다 하는 문제가 아니라 그런 것에 관계없이 이제 다시는 볼 수 없는 거구나. 돌아가셨을 때는 생각지 못한 걸 상여가 산으로 갈 때야 알았다. 참 둔했다. 그 생각에 눈물이 쏟아졌다. 죽음과 이별의 의미를 절절히 느낀 순간이었다. 그건 큰 슬픔이었다. 대학교를 졸업하고 겪어야 했던 백수의 시간은 빠져나오기 어려운 수렁이었다. 길을 가다가 갑자기 덮쳐온 공황장애는 그 시간을 더 힘들게 했다. 당시에는 병명도 몰랐던 공황장애로 주머니에는 청심환을 넣고 다녀야 했다. 깊은 고통이었고 지우기 어려운 공포였다.

더 나이를 먹고 더 시간이 지나고 더 살아보니 백수 때 남의 시집을 보고 느꼈던 슬픔은 치기였다. 그건 슬픔이라기보다는 차라리 낭만이라고 불러도 좋을 정도였다. 어머니를 떠나보내는 슬픔이 있었고 누나는 뜻하지 않게 세상을 떠났다. 그렇게 허망하게 생을 마감할 수도 있다는 건 충격이었다. 믿었던 이에게 배신을 당하기도 했고 사람에게 상처받는 일도 잦았다.

살아가는 모든 것은 잊을 만하면 마주쳐야 하는 슬픔들로 이루어져 있는 것 같았다. 자신의 의지로는 피할 수 없는 마주침이었다. 산다는 것은 생각보다 슬픈 것이었다. 불현듯 생각지도 못한 곳에서 솟아오르곤 하는 슬픔은 크고 작은 게 없었다. 어느 것이든 가슴 속에 들어와 저마다의 도장을 찍어놓았다. 이렇게 찍힌 도장들이 가슴 속을 넓어버리고 나면 몸도 마음도 너덜너덜해지지 않을까. 도장이 찍히는 소리를 들을 때마다 그런 생각이 들곤 했다.

신문에서 그 시인의 이름을 다시 만난 것은 아주 오랜 시간이 지나서였다. 그의 첫 시집을 읽은 뒤로 다시 그의 시를 읽지도 않았고 궁금해하지도 않았다. 남아 있는 것은 시집의 제목과 시인의 이름뿐. 시는 기억이 나지 않지만 강렬했던 시집의 제목은 기억 속에서 다시 솟아올랐다. '슬픔만 한 거름이 어디 있으랴.'

혹시 그랬던 건 아닐까. 그 시집을 처음 만났을 때 느꼈던 정체불명의 슬픔은, 살아오면서 몸과 마음을 힘들게 했던 슬픔들은, 혹시 그동안 썩고 썩어 거름이 된 건 아닐까. 그런 슬픔들이 썩고 썩어 거름을 만들고 나는 그 거름을 자양분 삼아 살아가고 있는 건 아닐까.

가슴에 심는
나무

그가 가려고 한 곳에 이르자 그는 땅
에 쇠막대기를 박기 시작했다. 그렇게 해서 구멍을 파고는 그 안에 도
토리를 심고 다시 덮었다. 그는 떡갈나무를 심고 있었다. (…) 그는 3
년 전부터 이 황무지에 홀로 나무를 심어왔다고 했다. 그리하여 그는
십만 개의 도토리를 심었다. 그리고 십만 개의 씨에서 2만 그루의 싹이
나왔다. 그는 들쥐나 산토끼들이 나무를 갉아먹거나 신의 뜻에 따라 알
수 없는 일들이 일어날 경우. 이 2만 그루 가운데 또 절반가량이 죽어
버릴지도 모른다고 예상하고 있었다. 그렇게 되면 이 땅에 1만 그루의
떡갈나무가 살아남아 자라게 될 것이다.

—《나무를 심은 사람》 중에서

장 지오노가 만난 '나무를 심은 사람' 엘제아르 부피에는 아들과 아내를
잃고 산악지대로 들어갔다. 부피에는 나무가 없어 죽어가는 땅을 살리기
위해 혼자 나무를 심고 있었다. 그는 상태가 좋은 도토리를 골라 산으로
가서 심는다. 그가 하는 일은 단순하다. 쇠막대기를 박아서 구멍을 파고
그 구멍에 가지고 온 도토리를 넣는다. 그러곤 다시 흙을 덮는다. 넓디넓
은 산악지대에 아무런 장비도 없이 홀로 나무를 심었다. 십만 개의 도토
리를 심으면 일만 그루의 떡갈나무만 살아남을 것이었지만 개의치 않았
다. 그저 심고 또 심었다.

그가 나무를 심는 것은 땅을 살리는 일이었고 아들과 아내를 잃은 슬픔을 이겨내는 일이기도 했다. 헐벗었던 땅은 시간이 흐르면서 숲으로 조금씩 덮여갔다. 하나씩 심은 나무 씨앗들은 떡갈나무 숲이 되고 너도밤나무 숲이 되었다. 숲은 점점 커져 말랐던 개울에 다시 물이 흐르게 하고 땅을 비옥하게 바꾸었다. 사람들이 모두 떠나서 황폐해졌던 마을엔 다시 사람들이 돌아왔다. 그건 사람이 돌아온 것이 아니라 희망이 돌아온 것이었다.

엘제아르 부피에가 아들과 아내를 잃고 산속에 살면서 나무를 심었듯이, 우리도 슬픔을 느낄 때마다 나무를 심는다. 작은 슬픔을 만나면 작은 나무 씨앗 하나, 큰 슬픔을 만나면 큰 나무 씨앗 하나. 그렇게 자신도 모르게 가슴 속에 나무를 한 그루씩 심는다. 슬픔을 만난다는 것은, 슬픔을 견디며 산다는 것은, 나무를 심는 것과 같다. 부피에가 십만 개의 도토리를 심어 살아남은 일만 개의 떡갈나무를 키워내듯, 그래도 개의치 않고 나무를 심어가듯, 우리도 나무가 될 씨앗을 심는다.

다시 볼 수 없는 영원한 이별은 더할 수 없이 슬프지만 비켜가지도 못하는 것. 슬픈 이별에서 죽음의 모습에 조금은 익숙해지는 법을 배운다. 그렇게 큰 나무 하나를 심는다. 육친을 떠나보내면서 뜻대로 할 수 없는 운명을 본다. 산다는 건 생각지도 못했던 슬픔을 주기도 한다는 걸 깨우친다. 그렇게 또 다른 나무 하나를 심는다. 사람에게 상처를 받을 때마다, 말 한마디가 긋고 지나갈 때마다, 그때마다 나무 하나를 심는다.

그렇게 한 그루씩 심은 나무들은 어느 순간 숲을 이루어 모습을 드러낸다. 무성해진 숲은 세상을 살아나가는 힘을 주고 지쳐서 비틀거릴 때 쉴 수 있는 그늘을 만들어준다. 삶에 물을 흐르게 하고 청량한 공기로 막힌 숨을 뚫어준다. 삶은 그렇게 슬픔과 기쁨이 뒤섞여 살아가는 것임을 배운다. 살아온 시간이 많아질수록 슬픔과 마주치는 게 조금은 익숙해지는 건 그런 숲이 자꾸 생겨나서가 아닐까.

오늘 또 하나의 슬픔을 만나면 묵묵히 쇠막대기로 구멍을 판다. 구멍에 나무 씨앗을 넣고, 흙을 덮는다. 이제 또 한 그루의 나무를 심었다. 분명히 숲이 되어 다시 돌아올 한 그루의 나무를.

가끔은 변화구에
맞는 법이다

'맞은 놈은 발 뻗고 자도 때린 놈은 발 뻗고 못 잔다.' 누가 한 말인지, 왜 그런 말이 나왔는지 몰라도 이건 말이 안 된다. 때린 놈은 죄책감 때문에 마음이 편치 못하고 맞은 놈은 잘못한 게 없으니 마음이 편하다는 건데 정말 그럴까. 어림도 없는 소리다. 이유 없이 두들겨 맞거나 힘이 없어서 두들겨 맞고 편하게 발 뻗고 자는 사람이 몇이나 될까. 그런 텅 빈 부념의 경지에 설 수 있는 사람 별로 없다. 속세를 떠났거나, 속이 비었거나, 간이나 쓸개가 없거나, 감히 범접하기 힘든 절정 고수가 아닌 다음에야 두들겨 맞고도 발 뻗고 잘 사람 없다. 때린 놈의 입에 발린 소리다. 그런 소리를 하는 사람은 분명 맞아보지 않은 사람이다.

고등학교 때 살던 곳은 작은 면 소재지 마을이었다. 작다고 하기에는 크고 크다고 하기에는 작은 마을이다. 한 사람 건너면 누구 집에 무슨 일이 있는지, 두 사람 건너면 어느 집 자식이 이러저러 하다더라는 소리를 자세히는 몰라도 대충은 알 수 있는 그런 동네였다. 학교는 한 학년에 세 반 밖에 되지 않아서 선배와 후배들이 모두 얼굴을 알고 있었다.

어느 날인가 밤거리를 지나는데 어떤 선배가 불렀다. 이리 와봐라. 따라간 골목에는 다른 선배 하나가 기다리고 있었다. 이유 없는 구타가 시작됐다. 둘 다 문제 학생으로 이름난 선배들이었다. 체구가 작은 나를 두고는 작아서 때릴 데가 없다고 하면서도 연신 주먹을 날렸다. 이유 없이 맞고는 잠을 못 잤다. 무섭고 억울하고 분했다. 때린 그들은 미안해서 잠을 못 잤을까. 두 발 뻗고 잘 잤을 거다. 몇 달 뒤 나를 때린 두 사람은 다른 일로 퇴학을 당했다. 속이 시원했다. 사람은 그런 거다. 부처님 가운데 토막이 아닌 다음에야 당하면 속이 끓는다. 끓다 못해 터질 것 같다. 그러다 상대방이 어떤 일을 당하면 고소하고 시원하다. 그게 사람이다. 나는 사람이다. 그래서 나도 그렇다.

언제 어디서 주먹이
날아올지 모른다

세상에는 가하는 자와 당하는 자가 있다. 주먹이 되었건 권력이 되었건 심리적 가해가 되었건 언어적 협박이 되었건 가하는 자와 당하는 자의 이분법은 명확하게 유지된다. 그 구도 속에서 당하는 사람은 계속 당하게 되어 있다. 영악하지 못하고 독하지 못하고 셈이 빠르지 못하다. 그러니 당한다. 다음엔 안 당하겠다고 마음먹지만 굳게 다짐해도 또 당한다. 사람이 대부분 그렇듯 같은 방식으로 지금까지 살아왔고 현재도 살고 있고 앞으로도 살아가기 때문이다. 그런 사람들은 가하는 자의 힘과 셈을 따라가지 못한다. 애초부터 상대가 되지 않는다. 사는 방식을 바꿔야 하는데 쉬운 일이 아니다. 이전의 삶을 모두 부정하고 완전히 다른 사람이 되는 건 불가능에 가깝다.

'정치는 생물이다'라는 말을 정치인들은 수시로 한다. 정치적 상황이 마치 살아있는 생물처럼 움직인다는 의미이다. 날마다 예상치 못한 일이 벌어지고 언제 어떤 불길이 덮쳐올지 모르는 게 정치판이다. 자신의 이익을 챙기려면 계산이 빨라야 하고 대응도 빨라야 한다. 강하게 상대방을 타격해야 한다. 그런 상황에 필요한 건 권모술수다. 음모와 배신이 춤을 추는 게 정치의 속성이라고 한다. 그 추악한 모습을 '정치는 생물이다'라는 식으로 말하면 그럴 듯하다. 폼도 난다.

사람 사는 건 다 마찬가지다. 정치만 그런 게 아니다. 조직도 그렇고 회사도 그렇고 사람이 모이는 어느 곳이든 그렇다. 이해득실이 있는 곳에 계산이 따르지 않을 리 없고 권모술수와 이합집산이 빠질 리 없다. 정치판처럼 별의별 일이 다 생긴다. 자신의 이익을 챙기지 못하면 몸이라도 제대로 챙겨야 한다. 언제 어디서 주먹이 날아올지 모른다.

굳이 분류를 해보면 당하는 쪽에 서 있는 사람은 그 자리를 벗어나지 못한다. 세상 사는 게 서툴고 여려서 그렇다. 서툴고 여린 사람이 가해자가 되기는 쉽지 않다. 심한 말을 하고 누군가를 아프게 하면 스스로가 더 힘들고 불편하다. 차라리 조금 손해보고 가끔 당하면서 사는 게 편하다. 사실은 편한 게 아니라 그런 깜냥이다. 남에게 가해를 할 만큼의 힘도 없고 정확한 계산으로 타격을 줄 속셈도 없다. 그것만이 아니다. 당하고 난 뒤에 그만큼 갚아주려 해도 그럴 방법도 모르고 그럴 힘도 역시 없다. 그러니 당해도 참 맥없이 당한다.

그렇게 당하면 편한 잠을 이루지 못한다. 속이 터지고 머리가 혼란스럽고 분이 치밀어 오른다. 며칠이 지나면 잦아들기는 하지만 아픔은 쉽게 가시지 않는다. 그럴 때 '맞은 놈은 발 뻗고 자도 때린 놈은 발 뻗고 못 잔다'고 위로하는 사람이 있다면 눈물이 핑 돌 만큼 세게 때려주고 싶어진다. 그럼 네가 한번 맞아보라고.

마음의 김매기와 물주기

맞은 자의 아픔은 어디에서 시작되는가. 아픔은 생각에서 나온다. 당한 기억은 불쾌하고 분노를 일으킨다. 머릿속에서 맴도는 느낌을 버리지 못하면 아픔에서 헤어나기 어렵다. 아픔을 버려야 하는데 끌어안고 부채질까지 하고 있으니 더 힘들어진다. 자기 손으로 감옥을 만들고 자기 발로 감옥에 들어가는 것과 같다. 이럴 땐 머리를 비워야 한다. 생각을 비워주면 아픔은 한결 가벼워진다.

아픔이 심하면 모르핀처럼 강력한 진통 효과가 있는 그 어떤 것을 찾게 된다. 하지만 모르핀은 치료약이 아니다. 극심한 고통을 호소하는 환자에게 어쩔 수 없이 사용하는 게 모르핀이다. 한번 사용하면 양을 지속적으로 늘려가야 한다. 마음의 상처에 쓸 수 있는 모르핀은 없다. 마음의 상처에 적당한 모르핀이 있다면 그건 망각이다. 인간은 망각의 동물이다. 살아오면서 겪은 많은 것들을 잊어버리면서 산다. 잊지 않고 모든 걸 기억하고 산다면 정신적으로 견디지 못한다. 망각은 그런 고통을 줄여준다. 그래서 망각은 고마운 존재다.

생각을 비우려면 마음 밖으로 걸어 나가거나 반대로 마음속으로 걸어 들어가야 한다. '마음의 김매기'가 필요하고 '마음의 물주기'도 필요하다. 마음 밖으로 나가는 것은 외부로 시선을 돌려 생각을 아픔으로부터 떼어내는 것이다. 몸을 움직이는 게 좋은 방법이다. 머리를 쓰지 않고 몸을 쓰는 일에 집중하면 아픔에 매달려 있던 생각은 점점 옅어진다. 주말 농장이라도 하고 있다면 일부러 밭에 나가 땀을 흘리면 좋다. 얼굴에 땀이 뚝뚝 흐르는 대로 내버려두고 김을 맨다. 흥건하게 땀을 흘리면 몸은 힘들지만 마음은 가벼워진다. 밭을 일구는 동안 아픔에 붙잡혀 있던 생각들이 어느새 밀려난다. 몸을 움직이는 것은 마음속의 잡초를 뽑아내는 '마음의 김매기'이다. 몸을 강하게 움직여줄수록 아픔에 매달려 있던 생각의 끈은 약해진다. 몸이 힘들수록 정신은 맑아진다. 하염없이 걷는 것도 좋은 선택이고 몸이 힘들 정도로 운동을 하는 것도 좋은 방법이다. 몸을 쓰는 만큼 생각은 가벼워진다.

마음속으로 깊게 걸어 들어가는 건 '마음의 물주기'이다. 정직하게 들여다보고 얼마나 아픈지 자신의 마음을 읽는 것이다. 아픈 만큼 마음을 보듬어주고 다독여주어야 한다. 그러나 마음을 보듬어주고 다독여주는 특별한 방법을 가지고 있는 사람은 드물다. 그럴 때 택할 수 있는 괜찮은 방법은 책을 읽는 것이다.

침대에 편안하게 누워 책을 펼친다. 유명 저자의 책이나 알려진 책이 아니어도 관계없다. 아픔으로 속이 터지고 머릿속이 복잡해서 아무것도 할 수 없을 때 침대에 누워 책을 펴는 건 비교적 쉽다. 처음엔 안 읽혀도 읽다 보면 생각이 적어지고 읽는 행위 자체에 몸과 마음이 쏠리게 된다. 책 속에서 자신의 상황을 말해주는 구절을 만나면 반갑고 기쁘다. 마음을 다독여주는 문장을 만나고 내 이야기에 고개를 끄덕여주거나 어깨를 두드려주는 이야기를 만난다. 어느 누군가도 나 같은 경우가 있었음에 마음이 조금은 가벼워진다. 책 읽기는 마음 읽기이다. 글자 아닌 마음을 읽는 일이다.

그렇게 몸을 움직여 생각을 비우고 책을 읽어 마음을 다독여주면 깨끗하게 마음이 아물까? 그렇지 않다. 아쉽지만 아픔은 사라지지 않는다. 잠시 잊을 뿐이다. 그저 조금 편안해지고 가벼워지는 것뿐이다. 그렇게 덜어낼 뿐이다. 한 방에 아픔을 치유하는 만병통치약은 세상 어디에도 존재하지 않는다. 남은 마음의 찌꺼기들은 끌어안고 가야 한다. 스스로를 달래고 위로하고 아픔을 깎아내며 시간을 보내야 한다.

스스로 끌어안고 가는 아픔이 있다

삶이라는 투수는

우리가 전혀 예상하지 못하는 커브볼을

우리가 보기에는 아무런 이유 없이

우리를 향해 가끔씩 던집니다.

이럴 때 절망하지 말고,

내가 혼자가 아니라는 사실을 잊지 말고,

여름더위가 지나가듯 이것 또한 지나가리라는 생각으로

힘내야 합니다.

―《멈추면 비로소 보이는 것들》 중에서

살다보면 누구나 잘못된 공 하나쯤은 맞는다. 길을 가다가 어디서 날아왔는지 모르는 축구공에 뒤통수를 맞듯이. 직구로 예상했던 공이 생각지도 못한 커브볼이 되어 느닷없이 얼굴을 때리기도 한다. 길거리를 가득 메우고 있는 사람들의 몸에는 눈에 보이지 않지만 몇 개씩 공에 맞은 자국을 가지고 있다. 누구는 몇 개에 그치기도 하고 누구는 다른 이들보다 훨씬 많은 자국을 몸에 새기고 있기도 하다. 몸에, 마음에 새겨져 있는 그 자국은 누구의 눈에도 보이지 않는다. 오직 자신의 눈으로만 볼 수 있다. 스스로 끌어안고 다듬어가는 아픔이다. 작은 상처의 흔적도 없이 백옥 같은 몸과 마음으로 살아가는 사람은 없다. 나는 왜 당하기만 하느냐고, 나는 왜 많은 상처를 가지고 사느냐고 한다면 그건 자신의 상처만 보고 있기 때문이다. 남의 상처까지 볼 수 있는 눈이 있으면서 그런 말을 할 수 있는 사람은 그리 많지 않다.

　책이 또는 한 줄의 문장이 아픔을 깨끗하게 치유해주지는 못한다. 그럼에도 우리는 삶의 어느 순간마다 한마디의 글에 매달려본 경험을 가지고 있다. 중요한 시험을 앞두고는 책상 앞에 '합격'이라는 한마디를 붙여놓아 보았고, 넘기 힘든 고비를 만나면 '꿈'이라는 한마디를 웅얼거려 보기도 했다. 가정을 이룰 때는 '사랑'이라는 한마디에 모든 것을 건다. 아버지는 '자식'이라는 한마디를 가슴에 담고 힘든 노동을 견딘다. 그렇게 삶은 이어져간다.

　삶의 길을 가다 아픔을 만날 때, 책 속에서 만난 별것 아닌 한 문장에 몸을 실어본다. '이것 또한 지나가리라.' 단지 한마디에 그치지 않는 짧은 문장을 붙들어본다. 그 한마디가 씻은 듯 아픔을 걷어내지는 못해도 해진 마음을 다독여주기에 크게 부족하지도 않다. 어느 것도 우리의 곁에 항상 머무르는 것은 없다. 아무리 좋은 순간도 영원히 머무르지 않듯이 어떤 아픔도 떠나간다. 고통에 치여 잊고 있었던 진리를 책 속의 한 문장은 알려준다. 아픔은 지나갈 것이고, 다시 툭툭 털어내고 일어설 것이고, 또 살아갈 것이다. 지금까지 그래 왔듯이, 앞으로도 그렇듯이.

이제 엄마를
가슴에 담는다

세상의 모든 자식은 죄인이다. 징역 백 년이래도 이의를 제기할 수 있는 사람은 없을 것이다. 몇 번을 다시 태어난다고 해도 자식을 위한 부모의 마음에는 근처도 가지 못한다. 그 마음을 품지 못한다. 절대 불가능하다. 부모에게 죄인이 아닌 자식은 없다. 그래서 그들은 벌을 받는다. 부모가 되는 벌. 부모가 되고 자신의 자식들에게 똑같은 일을 낳하는 벌. 고소하다. 공평하다. 절대 그 벌을 거부하지 말 것. 괴롭다 하지도 말 것. 당신도 그랬으니까. 우리는 그랬으니까.

> 네가 편지지에 또박또박 엄마의 말을 받아 적을 때 너의 엄마의 손등엔 굵은 눈물이 툭, 떨어지곤 했다. 너의 엄마가 불러주는 마지막 말은 늘 똑같았다. 아무쪼록 밥은 굶지 말고 다니거라, 엄마가.
>
> —《엄마를 부탁해》 중에서

머리에 묶었던 수건을 풀어 몸에 묻은 먼지를 탈탈 털어낸 엄마는 마루에 잠시 앉아 쉬지도 않고 바로 부엌으로 들어선다. 솥뚜껑을 열고 먹다 남은 밥을 솥단지에 집어넣은 뒤 물을 몇 바가지 붓고 아궁이에 불을 댕긴다. 한참을 끓어 솥뚜껑을 들먹이며 하얀 거품이 올라오면 밥상이 차려진다. 엄마는 이걸 '밥당수'라고 불렀는데 간단하게 차려낼 수 있는 한 끼 식사였다. 농사일에 쫓기고 항상 모자라는 살림인지라 좋은 밥상을 차려낸다는 건 어려운 일이었다. 남은 밥으로 간단히 식사가 만들어지는 밥당수는 농사일이 바쁜 시기에 자주 밥상에서 만나야 했다.

밥당수만큼이나 엄마가 자주 상에 올렸던 음식은 칼국수다. 차지게 반죽한 밀가루를 다듬잇돌 방망이로 평평하게 펴서 썰어낸 칼국수는 계절을 가리지 않고 먹었다. 지금 같으면 손칼국수를 별미라고 하겠지만 그때 칼국수가 선택된 건 밀가루가 쌀보다 헐해서였고 별다른 반찬이 필요 없어서였다. 한여름 화덕 위에 솥을 걸고 칼국수를 끓이던 엄마의 모습은 지금도 선하다. 엄마의 얼굴에서 쉴 새 없이 흘러내리던 땀방울도 지금 당장 손에 닿을 듯 선하다. 밀가루 반죽을 뚝뚝 떼어서 넣기만 하면 되는 수제비도 칼국수만큼이나 자주 만났던 음식이다. 밥당수와 칼국수, 그리고 수제비는 그래서 음식이 아니라 기억이다. 잊어버린 엄마를 만나게 하는 기억이다.

밥상만 있었지
엄마는 없었다

조금이라도 좋은 음식을 먹이고 싶었던 건 엄마의 마음뿐이었지 직접 차려내는 밥상으로는 그 마음을 표현할 방법이 없었다. 당장 먹고사는 게 문제였던 살림살이에서는 무엇을 먹느냐가 아니라 굶지 않는 게 더 중요했다. 언젠가 저녁을 먹을 때였다. 엄마가 상 밑의 그릇에서 혼자 숟가락질을 하고 있었다. 내려다보니 쌀이 하나도 섞여 있지 않은 시커먼 꽁보리밥이었다. 먹어봐서 괜찮다 싶으면 밥에 쌀을 더 줄여보려고 실험을 했던 것이다. 몇 숟가락 떠먹어보니 먹기가 힘들었다. 보리알은 입속에서 제멋대로 돌아다녔고 불편할 만큼 꺼끌꺼끌했다. 짐작컨대 엄마에게 밥상은 식구들을 위해 음식을 준비하는 즐거움과 설렘의 대상이 아니었다. 즐거움은커녕 삶을 그대로 담아내야 하는 마음 힘겨운 현실이었을 것이다.

밥당수와 칼국수가 음식이 아니라 기억으로 남아 있다고 하지만 사실 나는 엄마가 얼마나 힘들게 밥상을 차려냈는지 알지 못한다. 칼국수를 끓여내고 수제비를 솥단지에 뜯어 넣느라 땀에 젖은 엄마의 얼굴을 떠올린 것도 아주 오랜 시간이 지난 뒤의 일이다. 내 마음에 더 강하게 남아 있는 기억은 엄마의 땀 덮인 얼굴이 아니라 먹기 싫은 칼국수가 익어가는 것이었다. 뜨거운 여름에 땀을 뻘뻘 흘리며 먹어야 하는 칼국수는 정말 싫었다. 한두 번도 아니고 지겨울 정도로 먹어야 하는 것도 싫었다. 그런 칼국수가 펄펄 끓고 있으니 엄마의 땀이 눈에 제대로 보일 리없었다. 아니 보이기야 했겠지만 머릿속에 남아 있을 리 없었다.

칼국수를 즐겨 먹게 된 것은 십 년도 되지 않았다. 그전에는 지겨운음식이었고 맛없는 음식이었고 싫은 음식이었다. 될 수 있으면 피했고절대 먹고 싶지 않았다. 오랜 시간 칼국수를 피해 다니다 어느 날인가 한번 먹어본 칼국수는 뜻밖에 아주 맛이 좋았다. 칼국수는 기피 음식에서 즐기는 음식으로 순식간에 바뀌었다. 칼국수를 즐겨 먹게 되었고 칼국수를 마주하면 어린 날의 그 밥상이 기억 속에서 뛰어나왔다.

그런데 기억 속에서 되살아난 건 밥상뿐이었다. 엄마는 아니었다. 엄마는 없이 밥상만 되살아났다. 밥당수를 만들던 엄마의 모습이 분명히 기억에 선연한데 엄마는 배경이 되어버리고 주인공은 밥당수였다. 칼국수나 수제비도 마찬가지였다. 땀을 흘리던 엄마보다는 끓고 있던 칼국수가 먼저 기억을 차지했다. 엄마는 항상 그 자리에 있었지만 기억되지 않는 존재였다. 엄마는 당연히 밥을 차려주는 사람이었고 밥상보다 뒤에 있었다. 상에 올려 있는 음식이 무엇인가를 보는 눈은 있어도 상을 차려낸 엄마를 보는 눈은 없었다. 밥상만 있었지 엄마는 없었다. 그렇게 엄마를 잃어버리고 살았다.

항상 그 자리에
당연히 있는 사람

며칠의 휴가에 불현듯 건너간 제주. 올레길을 걸으며 여러 가지를 내려놓고 생각을 정리하고 싶었다. 낮에는 다리가 아프도록 올레를 걷고 저녁이면 한적한 게스트하우스에서 책을 읽었다. 초겨울에도 제주는 따뜻했다. 어둠이 내린 정적 속에서 흐릿한 불을 켜고 마당에 앉아 읽는 책은 각별했다. 소설 속의 주인공들은 엄마를 서울역에서 잃어버린다. 그들은 엄마를 찾을 수 있을까. 그들이 서울역에서 엄마를 잃어버렸을 때 나는 기억 속에서 엄마를 잃어버렸음을 문득 깨닫는다. 기억 속에서 엄마는 언제나 기다렸다는 듯 그 자리에 있었지만, 그렇게 엄마의 역할로만 존재하는 사람으로 기억되고 있었다. 엄마는 때가 되면 밥을 차려내는 사람이었고, 항상 그 자리에 당연히 있는 사람이었다.

　엄마를 그 자리에 있게 한다는 것은 엄마라는 위치와 존재만 기억할 뿐, 엄마라는 사람 자체를 잃어버린 것이라는 걸 그제야 알았다. 소설의 주인공들은 엄마를 서울역에서 잃어버렸다고 하지만 그들이 엄마를 잃어버린 것은 이미 오래전이었다. 나 역시 항상 엄마의 기억을 안고 있다고 생각했지만 그것은 단순히 엄마라는 역할뿐이었다. 엄마는 때가 되면 밥을 차리고, 때가 되면 일을 하고, 때가 되면 늙고, 때가 되면 떠나고, 때가 되면 회상 속의 주인공이 되는 사람이었다. 그것이 엄마의 할 일이었고 엄마라는 존재가 겪는 당연한 과정인 듯했다. 내가 기억하고 있는 것은 엄마라는 사람이 아니라 엄마라는 자리였다. 내가 나 스스로에 대해 생각하듯 인간 그 자체로 존재하는 엄마는 없었다. 엄마를 잃어버린 것이다. 언제 어디서 잃어버렸는지조차도 모르고.

　그렇게 잃어버린 엄마는 자리를 비우고 떠난 다음에야 눈에 보인다. 상처만 주던 자식은 뒤늦게 자신의 한마디 말과 작은 행동이 엄마에게 상처가 되었음을 알게 된다. 그래서 자식은 엄마의 자리가 비워지고 난 뒤에야 가슴을 친다. 자신이 엄마를 잃어버렸음을 그제야 깨닫는다. 그러나 그 아픔 역시 이미 지나간 시간이기에 가능한 것일지도 모른다. 아무리 통탄하고 슬퍼한다 해도 그걸로 끝이므로, 세상에 없는 엄마에게 더 이상 무엇을 해줄 수도 할 것도 없으므로 일부러 마음껏 아파하는 것인지 모른다.

멀지 않은 곳에 살면서도 어버이날에 달려가 꽃 한 송이 달아드리지 못한 것은 몸이 너무 피곤해서였다. 엄마가 한번 내려와보라고 했을 때는 친구와 약속이 있었다. 엄마가 텔레비전으로 무료함을 달래고 있을 때 나는 재미있는 일이 많아서 돌아볼 수 없었다. 엄마가 아파서 누워 있을 때는 회사일이 많아서 가지 못했다. 일을 마치고 밤중에 아픈 엄마를 보러 다녀오려면 잠 잘 시간이 거의 없어서 갈 수 없었다.

살아생전에는 무수히 떠오르던 숱한 핑계들. 약속, 여행, 휴가, 일, 그리고 수십 가지도 넘던 이유들은 지금 생각해보면 전혀 중요하지 않았던 것들이다. 엄마가 없는 이제는 그걸 안다. 지금 엄마가 아프다면 그런 이유들은 하나도 떠오르지 않을 것이다. 곧장 엄마를 보러 달려가리라는 생각을 한다. 몸이 피곤해도, 잠을 잘 시간이 없어도 달려가리라 생각한다. 그러나 그것 역시 생각뿐인 것은 아닐지. 부모가 살아계신다면, 환생이라도 해서 다시 그 상황이 된다면, 정말 그렇게 할까. 나는 나를 믿지 못하겠다. 그때는 다시 그런 이유들이 끊임없이 떠오를지 모른다. 엄마가 살아계시던 예전처럼 말이다. 결국 우리는 엄마를 잃어버린 것이 아니라 엄마를 유기한 것인지도 모른다.

기억은 돌아오지만
엄마는 돌아오지 않는다

짧은 올레길 여행의 마지막 날에
는 비가 추적추적 내렸다. 빗줄기 사이로 멀리 바다를 보면서 마당의 소
파에서 남은 책을 마저 읽었다. 처마에서는 빗물이 떨어지고 마당에는
작은 물줄기가 생겼다. 내가 자란 고향집 마당에도 비가 오면 비슷한 풍
경이 만들어지곤 했다. 언젠가 그 고향집을 보고 싶어 일부러 찾아간 적
이 있다. 이제는 다른 사람의 집이 되었고, 아직 그 모습 그대로 있는지
도 몰랐지만 가보고 싶었다.

아침 일찍 찾아간 그곳에는 어릴 적 살던 집이 그대로 있었다. 새로
지은 집들이 주변 여기저기에 들어섰지만 그 집은 옛 모습 그대로였다.
대문이 닫혀 있어 담벼락 틈 사이로 들여다본 집은 모양이 바뀌기는 했
어도 옛 모습을 유지하고 있었다. 어미 소가 송아지를 낳던 외양간이 있
던 자리, 아궁이에 불을 때던 부엌이 있던 자리, 여름에 누워서 낮잠을
자던 마루까지 변하지 않은 모습이었다. 그 부엌에서 엄마는 밥당수를
끓였고 마루 옆에서 화덕을 놓고 칼국수를 끓여냈다. 그 음식을 먹고 나
는 자라 어른이 되었다. 그곳에 나도 있고 엄마도 있었다. 그렇게 기억은
생생하게 복원되지만 엄마는 복원되지 않는다. 엄마는 이제 돌아오지 않
는다.

소설 속 주인공들은 길을 잃은 곳에서 엄마가 꼼짝 않고 서 있었다
면 찾을 수 있었을 것이라고 안타까워한다. 후회는 누구에게나 언제나

안타깝다. 내가 잃어버린 엄마는 지금 어디에 꼼짝 않고 서 있을까. 엄마를 잃어버린 것은 알지만 이제는 엄마를 찾을 수도 없다.

찾을 수도 없는 엄마는 가슴에 담을 수밖에. 여러 가지 기억을 던져버리려 찾아간 올레에서 잃어버린 엄마를 가슴에 담아 와야 했다. 자식은 엄마를 쉽게 잃어버려도 엄마는 그렇지 않은가 보다. 아무리 못난 자식이라도 잃어버리지 않는가 보다. 나이가 얼마가 되든 엄마를 품으면 언제라도 가슴이 따뜻해진다. 엄마는 그렇게 가슴 속 더운 난로가 되었고 무거운 돌이 되었다. 난로가 되어 가슴을 덥혀주고 때로는 돌이 되어 가슴을 짓누른다. 엄마는 그렇게 다시 가슴 속으로 들어왔다.

외로우면
손을 내밀어

"인간은 섬이다. 바야흐로 섬의 시대다." 휴 그랜트의 말은 틀리지 않다. 영화 〈어바웃 어 보이〉에서 그는 '인간은 섬이 아니다'라는 말을 비웃는다. 그의 말처럼 현대의 인간은 섬처럼 살아간다. 바다 위에 떠 있는 섬처럼 점점이 떨어져 있다. 영화 속의 휴 그랜트는 자유로운 생활을 누리기 위해 스스로 섬이 된다. 영화가 아닌 현실 속의 현대인들은 자유도 누리지 못하면서 섬이 된다. 떨어져 있는 섬은 외로울 수밖에 없다. 아무리 섬이 많아도 떨어져 있으면 혼자 있는 것과 마찬가지다. 외롭다. 그리고 두렵다. 사람들은 크고 작은 목소리로 외롭다고 소리친다. 수많은 군중속에 함께 있으면서도 외로워한다. 가득한 사람 속에서 만나게 되는 이해 못할 외로움을 두려워한다. 그 두려움의 정체는 무얼까. 외로움일까. 아니다. 무리에서의 소외, 그게 두려움을 부른다. 외로움이 아니라 소외가 두려운 거다.

"셋이 모여서 어디 가는 거야?" 조심스럽게 누가 물었다. 무슨 소린가 들어보니 학원을 가려고 가끔씩 함께 나가는 걸 본 모양이었다. 별거 아니라고, 학원에 다니는 거라고 하니 고개를 주억거린다. 술을 마시러 가는 건 아닌 것 같았는데 무얼 하는지 궁금했단다. 그러고는 한마디 덧붙인다. "나는 또 나만 모르게 모여서 뭔가를 하는 줄 알았지. 사람들이

며칠 놀아주지 않으면 불안하다니까. 왕따 당하고 있는 건 아닌가 싶어서." 진지한 표정이 뜻밖이었다. 왕따 당할 만한 사람이 그런 말을 했다면 그런가 보다 했을 거다. 술도 잘 먹고 대인관계도 누구보다 낫고 많은 사람들과 잘 어울려 다니는 사람의 입에서 나온 말이었다. 그런 사람도 저런 걱정을 하는구나. 베일에 감춰져 있던 비밀을 본 기분이었다.

미국의 사회학자 리스먼이 '고독한 군중'이라는 단어를 사용한 것은 1950년이었다. 그는 고도산업사회에 살고 있는 사람들은 다른 사람들이 무슨 생각을 하는지 알고 싶어 하며 그들로부터 격리되지 않으려고 애쓴다고 했다. 겉으로는 사교성이 뛰어나지만 속으로는 혼자 떨어져 있는 듯 고립감에 고민한다는 것이다. 반세기도 더 지난 현재의 시점에서 고립에 대한 불안은 더 커졌으면 커졌지 조금도 줄어들지 않았다.

누구나 '혹시 내가 왕따가 되고 있는 것은 아닐까' 하는 생각을 한다. 언제부터인지 같이 밥 먹자는 사람도 없고 얼굴 마주보며 커피 한잔 마신 기억도 드물다. 가끔 얼굴을 내미는 술자리는 언제 가봤는지 가물가물하고 주변 사람들이 은근히 피하는 것 같은 기분이 든다. 회사 돌아가는 소식도 가장 늦게 듣고 심하면 아예 모르고 지나가는 경우도 생긴다. 그쯤 되면 겁이 난다. 내가 지금 왕따를 당하고 있거나 소외당하고 있는 건 아닐까 하는 걱정이 샘물처럼 솟아오른다.

소외라는
두려움을 마시는 술자리

　　　　　　　　　　여기저기서 술잔이 이리 돌고 저리 돈다. 술이 채워지면 잔은 다시 허공에서 만나 쨍그랑 소리를 낸다. 누군가에겐 달고 누군가에겐 쓴 술이 목구멍을 타고 술술 넘어간다. 왁자지껄 오가는 소리 속에 분위기가 익고 안주가 익는다. 술자리는 즐겁고 질펀하다. 그 속에 있으면 안심이 된다. 보이지 않는 울타리 속에 들어가 있는 기분이 든다. 그렇지 않으면 조금은 불안하다. 혼자서 들판을 떠도는 느낌에서 벗어나기 힘들다.

　　술자리는 그래서 없어질 수 없다. 그건 단순히 술만 마시는 자리가 아니다. 술을 마시는 자리이면서 소외라는 두려움을 마셔버리는 자리이다. 시원하게 또는 힘들게 마시는 술에는 소외라는 두려움이 함께 담겨 있다. 혼자가 아니라는, 같이 섞여 있다는 존재의 증명이 술자리에서 이루어진다. 소외되는 것이 싫어서 사람들은 오늘도 내일도 쉼 없이 술자리를 만들고 각종 모임을 만들고 매끈하게 기름칠을 한다.

　　술 잘 먹는 사람 부럽다. 정치 감각이 뛰어난 사람도. 털털하게 '만수산 드렁칡'처럼 이리저리 잘 어울리는 사람도 부럽다. 그들은 외롭지 않고 소외될 걱정이 없을 테니. 술도 제대로 마시지 못하고 시시때때로 어울려 다니는 것도 내키지 않고 친화력이 없어 어느 무리에 섞이지 못하는 사회 부적응자는 외로움을 피하기 어렵다. 소외의 천부적 조건을 타고 났으니 소외를 벗어나지 못한다. 태생적 한계는 노력으로 넘어서기 힘들다. 술도 먹으면 는다고, 사람 속에서 살아가려면 그 정도는 노력해야 한다고 하지만 그 말에 이미 숨이 턱 막힌다. 방법은 특별히 없다. 쓰던 달던 그냥 받아들이는 수밖에. 물론 달지는 않다. 누구나 외로움과 소외를 두려워한다는 건 그게 달콤하지 않고 쓰다는 걸 알기 때문이다. 그 쏩쏠함을 즐기고 싶은 사람은 없다.

직장에서 또는 조직에서 만나는 외로움은 소외라는 그림자를 감추고 있다. 외롭다는 느낌은 혹시 소외의 대상이 된 것은 아닌가 하는 걱정을 불러온다. 외로움은 단순히 외로움으로 끝나지 않는다. 작든 크든 흔적을 남긴다. 자신감을 잃게 하고 눈치를 보게 만든다. 술 잘 먹고 친화력 있고 정치력 있는 사람도 누군가가 몰려다니는 걸 보면 자기가 소외된 것 아닐까 걱정하는 건 그런 이유에서다. 술자리나 각종 모임에서 손을 맞잡고 끈끈함을 확신하는 사람들도 한 꺼풀 벗겨내면 다르지 않다. 다 외롭다. 얼마나 외로우면 얼마나 소외가 두려우면 그러겠는가. 그래서 사람들은 남들을 궁금해한다. 리스먼의 말처럼 다른 사람들이 무슨 생각을 하는지, 무슨 행동을 하는지, 어떤 곳으로 가는지 궁금해한다. 홀로 격리되지 않으려는 불안의 몸짓이다. 여럿이 모여서 둥글게 둥글게 춤을 추는 원 안으로 들어가려 한다. 그렇게 끼리끼리 춤을 추지만 춤이 끝나면 또 눈치를 본다. 자기만 떨어져 나오는 게 아닐까 두려워한다.

누구도 세상 모두를
끌어안지는 못해

세상 어떤 사람이라도 속해 있는 곳의 모든 사람과 무리를 지을 수는 없다. 사람은 자신만의 결이 있고 그 결이 서로 똑같지 않다. 허공을 가르는 수많은 바람결이나 바다로 달리는 숱한 강물의 물결은 같은 듯하면서도 서로 다르다. 사람도 자신만의 결이 있고 그 결 따라 사람을 만난다. 밀어내고 또 밀어내도 결이 비슷한 사람은 가까이 오고 아무리 잡아당겨도 결이 다른 사람은 멀어져간다. 필요한 목적에 의해서 결의 무늬를 감추거나 모양을 살짝 바꿀 수는 있겠지만 시간이 지나면 모두 드러나기 마련이다. 자신의 결은 숨기지 못한다.

세상 사람 모두가 나에게 힘을 주지 않는다. 힘은 고사하고 상처를 주는 사람도 적지 않다. 반대의 경우도 마찬가지다. 나도 내가 알고 있는 모든 사람에게 힘을 주지 못한다. 그렇게 할 수 있다면 더할 나위 없이 좋겠지만 그건 불가능하다. 누구에게도 상처를 주지 않았다고 말할 수 있는 사람도 없다. 자기는 그렇다고 말하는 사람이 있다면 거짓말쟁이거나 사기꾼일 것이다. 오래전에 회사를 떠난 선배가 그런 말을 했다. 술친구, 마음 친구 하나 있으면 회사 생활 괜찮은 거라고. 그저 한 사람 또는 몇몇의 술친구면 된다며 푸근히 웃던 그 얼굴이 그때는 이해가 어려웠다. 달관일까 포기일까. 달관도 아니고 포기도 아닌 명확한 현실이다. 세상 모두를 끌어안을 수 있는 사람은 없다. 그건 불가능한 일이다.

누구나 섬이지만
섬과 섬은 이어져 있다

우리가 맺고 있는 인간관계도 이러합니다. 속사람을 만나지 못하고 그저 거죽만을 스치면서 살아가는 삶이라 할 수 있습니다. 모든 사람들이 표면만을 상대하면서 살아가지요.

—《나의 동양고전 독법, 강의》 중에서

영화 〈어바웃 어 보이〉의 주인공 휴 그랜트는 알게 된다. 그때까지 자신이 속사람을 만나지 못하고 사람들의 표면만을 상대하고 살아왔음을. 현대인들은 서로간의 거리를 원한다. 꽤나 격의 없는 사이처럼 지내도 서로 두어야 할 거리가 어느 정도인지 잘 안다. 소외를 원치 않으면서도 자신이 필요한 거리 안으로 사람이 들어오기를 바라지 않는다. 문제는 자신이 필요한 거리를 지나치게 넓게 잡고 고집하는 것이다. 겉과 겉의 만남은 가슴이 없다. 의례적이고 필요에 의할 뿐이다. 그럴 듯하고 가득 찬 것 같지만 사실은 속이 비어 있다.

휴 그랜트처럼 사람들은 자신의 영역은 내어놓으려 하지 않는다. 소외가 싫다면서 마음을 내어주지도 않는다. 소외를 걱정하면서 어느 정도는 섬으로 살고자 한다. 소외와 자유 사이에서 자신도 모르게 줄타기를 한다. 딜레마를 끌어안고 불안해한다. 영화 속의 휴 그랜트는 늦게야 깨닫는다. 자유를 충분히 즐길 수 있는 섬으로 살기를 원하지만 그게 꼭 좋은 방법은 아니라는 걸.

사람은 서로 완전히 떨어져 있는 섬처럼 보여도 실상은 그렇지 않다. 술도 못하고 친화력도 떨어지는 '천부적 사회 부적응자'도 치명적 상처 없이 살아갈 수 있는 건 사람이 섬이 아니라는 증거일 것이다. 섬이기는 해도 연결된 섬이라는 반증일 것이다. 홀로이고 싶을 때도 있지만, 보기 싫은 섬도 있지만, 이용가치만 보이는 섬도 있지만, 섬은 함께 있고 연결되어 있다. 자신이 외롭다면 주변의 누군가도 똑같이 외롭다. 외롭다면 조금 다가서면 된다. 마음을 내어주고 먼저 손을 내밀면 된다. 분명 누군가가 그 손을 잡아준다. 그도 외로우니까. 홀로 떨어져 있다고 생각하는 섬들은 서로 연결되어 있다는 설 때때로 잊고 산다.

내가 외롭다면, 내가 부적응자라면, 다른 사람들도 대개 그렇다. 당신도 나도 그 누구도 다른 섬들과 연결된 섬이기를 원한다. 홀로 떨어진 섬으로 살던 휴 그랜트가 그걸 알려주고 있지 않은가. "사람은 섬이다. 그러나 일부는 서로 연결되어 있다"고. 누구도 혼자는 아니다. 먼저 손을 뻗을 용기를 가지고 있지 못할 뿐. 소외를 두려워 말고 손을 내밀면 된다. 누군가 내민 손을 맞잡으면 된다.

불평 없앨 비결은
없지만

"이놈의 버스는 왜 안 오는 거야." 정류장에서 십 분이 다 되도록 기다
리고 있는데 버스가 오지를 않는다. 출근이 급한 시간이라 심통이 난다.
"날씨 참 더럽게 춥네. 바람도 쌩쌩 불고. 날씨까지 짜증 나." 험한 말이
쏟아져 나온다. 거칠게 말하려 한 게 아니었는데 입에서 나오는 말은 그
런 모양새다. 출근을 해서 김밥을 한 줄 사먹는다. 만들어놓은 지 오래된
모양이다. 김밥이 식었다. "아니 이런 걸 팔면 어떡해. 날씨도 추운데." 곱
지 않은 말이 튀어나온다. 오늘 어떤 일을 해야 하는지 살펴보니 힘든 일
이 몰렸다. "아니 참, 왜 이런 일은 전부 나한테 오는 거야." 불평이 아니
다. 생활이다. 항상 벌어지는 일이다. 어제도 그랬고 오늘도 그렇고 내일
도 그럴 것이다. 물론 그제도 그랬고 모레도 그럴 거라는 건 충분히 예상
이 가능하다. 쳇바퀴 돌듯 늘 있는 일인데 그게 무슨 불평인가. 생활이지.
그게 불평이란 것 자체를 모르고 살아간다. 늘 있는 일일뿐이다.

> 우리의 생각이 우리의 삶을 만들고, 우리가 하는 말이 우리의 생각을
> 만든다. (…) 우리는 다른 사람 입에서 나는 냄새는 금방 알아차릴 수
> 있지만 정작 우리 자신의 입 냄새는 잘 알아차리지 못한다.
>
> —《불평 없이 살아보기》 중에서

'우리 인생을 단숨에 바꿀 어떤 비결은 없는 걸까?' 책《불평 없이 살아보기》의 첫 문장은 매혹적이다. 인생을 단숨에 바꿀 비결이라도 알려줄 것처럼 시작한다. 믿기 어려운 일이다. 책 한 권이 누군가의 인생을 바꾸기도 하지만 그렇게 흔한 일은 아니다. 더구나 단숨에 바뀐다? 이런 말은 믿지 않는 게 인생에 더 도움이 된다는 생각이다. 역시나 내 생각이 맞았다. 책을 끝까지 봤지만 인생을 단숨에 바꾸는 비결은 없었다. 아니 못 찾았다. 저자는 있다고 할 테니 못 찾았다고 해야겠다. 찾고자 했던 건 찾아내지 못하고 원하지 않았던 다른 걸 찾았다. 얼마나 불평을 많이 하며 살고 있는지, 그걸 찾아냈다.

불편이라는
불쾌한 양념

세상은 온통 불평할 것투성이다. 아침에 눈을 떠서부터 잠들기까지 불평은 쉬지도 않고 이어진다. 그 사실을 스스로 알지 못하는 건 늘 일어나는 일이고 그게 불평이라고 생각하지 않아서이다. 평소 알려고 하지도 않고 알지 못하니 보이지 않는다. 물론 불평을 하루 종일 계속하는 사람은 없다. 어쩌다 터져 나오곤 한다. 그런 까닭에 적지 않은 불평을 하고 있다는 걸 모른다. 사실 불평 없이 사는 건 불가능하다. 몰아붙이듯 쏟아지는 일, 주먹 한 방 날리고 싶은 인간 같지 않은 상사, 피곤함에 찌들어 있는 몸, 생각처럼 풀리지 않는 인간관계. 불평할 일은 널리고도 널렸다. 나의 불평은 정당하다. 살아가면서 피할 수 없는 정당한 불평이다. 빵만으로 살 수 없다는 말은 진리이다. 사람은 빵만으로 살 수 없다. 불평이라는 자극적인 양념도 있어야 한다.

문제는 거기서 생긴다. 자극적인 맛을 찾다 보니 상태가 나빠진다. 웃으면서 또는 부드러운 미소를 얼굴에 가득 채우고 불평하는 사람을 본 적 있는가. 없다. 불평을 할 때는 자연적으로 인상이 찌그러든다. 마음이 편안하고 시원한 느낌으로 불평을 하는 사람이 있을까. 없다. 좋지 않은 것을 좋지 않은 마음으로 내뱉는데 웃음이 나올 리 없고 마음이 편할 리 없다. 그 불쾌함을 몸과 마음으로 담아내야 한다.

불평은 몸에 배어들고 입에 배어든다. 자신도 모르는 사이에 그렇게 된다. 그런 과정을 거쳐서 불평은 생활이 된다. 불평으로 얻을 수 있는 건 없다. 불평의 상황이 좋아지지 않고 사라지지도 않는다. 아무것도 달라지지 않는다. 얻을 수 있는 건 배설하듯 내뱉는 짧은 쾌감이다. 그리고 솟구치는 화와 자율신경이 흐트러지는 몸뿐이다. 성격은 자꾸 부정적으로 변해간다. 결코 남는 장사가 아니다. 자기의 이익에는 민감한 사람들이 남는 것도 없는 불평을 쉬지도 않고 한다.

불평은 습관이다. 남달리 심하게 불평을 하고 다니는 사람은 어디에나 있다. 유심히 보면 그에게는 모든 게 불평의 대상이다. 모든 게 마음에 안 든다. 부드럽고 온화한 목소리를 내는 적이 드물다. 편한 얼굴 보기도 힘들다. 그 얼굴을 보는 다른 사람들은 따라서 기분이 안 좋아지고 자기도 모르게 긴장을 한다. 불편하기 짝이 없어서 주변에 가려고 하지 않는다.

평생 동안 화내는 시간 2년

　　　　　　　　　　산다는 건 시간을 지나가는 것과 같다. 사람이 시간을 쓰는 방식은 비슷하다. 삶을 구성하는 시간은 크게 보면 어떤 비중으로 되어 있을까. 먼저 일하는 시간이 있고 잠자는 시간이 있다. 먹는 시간과 공부하는 시간 역시 빼놓을 수 없다. 일상생활을 유지하는 데 필요한 시간에는 말하는 시간, 이동하는 시간, 기다리는 시간, 씻는 시간, 양치하는 시간, 용변 보는 시간이 있다. 지하철 공익광고에서 보니 70세까지 산다고 했을 때 잠자는 데 23년, 일하는 데 26년 정도를 쓴다고 한다. 양치질하고 씻고 화장실 가는 데는 약 3년 반 정도의 시간이 든다. 화내는 시간이 2년이고 웃는 시간은 가장 적어서 88일 정도밖에 안 된다.(진짜 그러냐고 따지지 말자. 그런 불평 하지 말자는 얘기를 하는 중이다. 그런가 보다 하면 된다.) 사람이 평생 쓰는 시간의 목록은 의외로 복잡하지 않다. 무척이나 복잡다단한 생활을 하고 있는 것 같지만 사용하는 시간으로 구분해보면 일목요연하기까지 한다.

　조사결과를 보면 화내는 시간도 만만치 않다. 정말 저렇게 많은 시간을 화를 내면서 살고 있을까 싶을 정도다. 남들은 그럴지 몰라도 나는 아니라고 생각한다면 착각도 심한 착각이다. 양치질은 하루에 세 번 하지만 불평은 정해진 횟수가 없다. 건강에 안 좋으니 하루에 세 번 또는 다섯 번으로 제한하라는 사회적 지침도 없다. 아무 때나 나오는 대로 쏟아낸다. 양치질은 치아라도 좋아지지만 불평은 아무것도 좋아지는 게 없다. 그런데 대부분 모른다. 불평하는 데 그렇게 많은 시간을 잡아먹히고 있다는 걸 모른다. 자신이 쉼 없이 불평을 하고 있다는 것 자체를 모른다. 자신이 얼마나 불평을 하며 살고 있는지 알 수 있는 간단한 방법이 있다. 날마다 기록을 해보면 된다. 통계를 내보면 상상 이상의 결과를 확인할 가능성이 크다.

오늘 하루, 몇 번이나 불평했나

반지를 하나 맞췄다. 이름 하여 '불평 반지'. 귀찮아서 시계도 차고 다니지 않으면서 반지를 맞춘 것은 멋을 내기 위해서도 아니고 기념품도 아니다. 《불평 없이 살아보기》 책에는 보라색 밴드가 부록처럼 들어 있다. 밴드를 손목에 차고 불평을 할 때마다 밴드를 다른 손으로 옮기며 하루에 몇 번이나 불평을 하는지 세어보라는 것이다. 밴드가 옮겨지지 않고, 그러니까 한 번도 불평하지 않고 21일을 지나면 미션은 성공이다. 성공하기까지 몇 달이 걸리는 사람도 있고 몇 년이 걸리는 사람도 있다고 한다. 보라색 밴드 대신에 사용하려고 맞춘 '불평 반지'다.

　자, 한번 해보는 거야. 불평 없이 한번 살아보자고. 습관처럼 이어지는 불평을 없애버릴 거야. 다음 날, 손이 바빴다. 눈뜨고 얼마 지나지 않아 반지는 다른 손으로 옮겨졌다. 이 손에서 저 손으로 저 손에서 이 손으로 반지는 계속 옮겨 다녔다. 오전이 지나기 전에 포기했다. 반지를 계속 옮기려니 귀찮기가 한이 없었다. 그렇다고 하루 만에 멈출 수는 없는 일. 이튿날 다시 시작했다. 거의 달라지지 않았다. 역시 마찬가지. 또 포기했다. 불평을 없애는 게 아니라 의지박약을 탓하느라 불평만 더 늘었다. 하루를 더 해보고는 완전히 포기했다. 21일을 불평하지 않으면 성공이라고? 불평을 없앤다고? 그건 불가능한 일이야. 절대로.

　한 달쯤 지나서 불평 없애기가 아니라 차분하게 불평 세어보기를 해봤다. 반지는 그냥 두고 불평을 할 때마다 종이에 횟수를 적었다. 그날그날의 상황에 따라 많이 달랐다. 스무 번 가까이 불평을 하는 날도 있었고 열 번이 안 되는 날도 있었다. 분명한 건 꽤나 많은 불평을 하며 산다는 것이었다. 세어보기 전에는 전혀 느끼지 못했던, 전혀 알지 못했던 불평들이 눈에 보였다. 그렇게 많은 불평을 하고 있는지 몰랐다.

　불평 없이 살아보기는 실패했지만 불평을 줄이는 방법은 얻었다. 방법은 간단하다. 입 밖으로 내지 않는 것이다. 별것 아닌 것 같지만 효과는 크다. 입 밖으로 내뱉지 않고 참고 있으면 얼마 지나지 않아 불평 자체를 잊어버린다. 불평을 부르는 것들은 그리 대단한 문제들이 아니고 순간에 지나가기 때문에 잠시만 참으면 다른 상황에 빠지면서 잊어버리게 된다. 불평이 줄면 불평할 때 생기는 마음의 불편함도 줄어든다. 쓸데 없는 말을 하지 않게 되면서 말실수를 줄이는 효과도 부수적으로 생긴 다. 이건 남는 장사다.

"어쩌겠어, 다시 해야지"

불평을 없애보겠다고 일부러 맞추 었던 반지는 왼손에 자리를 잡았다. 불평 없이 살아보기는 포기를 했고 반지는 그냥 남았다. 언제 불평 없애기를 했느냐는 듯 여전히 불평을 하 면서 산다. 그래도 횟수는 많이 줄었다. 소득이라면 소득이다. 예전에는 아무런 생각 없이 불평을 했다. 요즘은 잠시 생각을 한다. 이게 불평할 일인가. 그럴 일이 아니라면 입 밖으로 나오던 불평을 꾹 눌러 집어넣는 다. 상황이 생겨도 가능하면 불평을 안 하려고 노력을 한다. 그래도 참지 못하면 그땐 쏟아낸다. 어느 때는 자신도 모르게 불평을 늘어놓는다. 책 에서 말한 대로 인생을 바꿀 만큼 크게 달라지지는 않았다는 말이다.

불평을 없애지 못하고 줄이기만 했지만 그것만으로도 꽤 편안하다. 수시로 거친 말, 험한 말을 내지 않는 것만으로도 기분이 가벼워진다. 불 평을 한들 고쳐지는 것도 없고 이득이 되지도 않는데 너무 많은 불평을 하고 살아왔다. 불평할 일은 사실 그리 많지 않다.

'불평 반지'는 이름을 바꿨다. 반지의 용도가 없어졌기 때문이다. 새 이름은 '요술 반지'. "요 반지를 끼고 있으면 인생이 술술 풀린단다. 그래서 요술 반지야." 농담처럼 말을 한다. 진짜 요술 반지를 가지고 있다 해도 인생이 술술 풀리지는 않겠지만 '요술 반지'를 보며 그렇게 생각을 한다. 술술 풀릴 거야. 이건 요술 반지니까.

원고를 쓰면서 파일을 잘못 삭제해 일부를 두 번이나 날렸다. 컴퓨터를 구석구석 뒤져도 찾을 수 없었다. 다 쓴 원고를 허공에 날려 보낸 셈이다. 내용은 머릿속에 있다고 해도 똑같이 다시 쓰는 건 불가능한 일이다. 원고를 되살릴 수 없다는 걸 알고는 잠시 멍하니 앉아 있었다. 입을 다물고 그냥 앉아 있기만 했다. 끙끙 앓는 소리를 잠시 내고 일어섰다. 그래도 원고 전체를 날리지 않은 게 어딘가. 입맛 몇 번 다시고 돌아섰다. '다시 써야지 어쩌겠어.' 미련은 컸지만, 불평이 쏟아져 나올 것 같았지만, 별일 아니라는 듯 다시 쓰기 시작했다.

걱정하지 마
고민하지 마

걱정이다. 비가 오면 어떻게 하지? 주말에 친구들과 모임을 갖기로 했는데 예보를 보니 비가 올 수도 있다고 한다. 비가 오면 산에도 못 갈 것이고 차를 타고 간다고 한들 비를 맞으며 나들이 하는 것도 귀찮을 텐데. 그럼 뭘 하지? 점심 먹고 헤어지나? 비가 안 와야 할 텐데.

걱정이다. 소화가 안 되고 속이 쓰리다. 심하게 아플 때도 있다. 벌써 한 달은 된 것 같다. 뭘 먹어도 더부룩하고 트림이 심하게 나온다. 혹시 큰 병이 있으면 어떻게 하지? 혹시 이러다 죽는 건 아닐까. 옷이 하나 더 있으면 좋겠는데 큰 병이라는 진단을 받을지도 모르는 마당에 옷은 사서 뭐하나.

걱정이다. 다음 주에 꼴 보기 싫은 인간하고 점심을 해야 하는데 이걸 어떻게 하지? 안 간다고 할 수도 없고 가자니 속이 불편하고 이러지도 저러지도 못하겠네. 만나봐야 할 말도 별로 없는데 집에 일이 생겼다고 할까. 어차피 만나야 하는 거 그냥 나갈까.

걱정이다. 담배를 피우면 없던 가래가 자꾸 생긴다. 가슴도 가끔씩 아프다. 양쪽 가슴이 아픈 게 폐 쪽에 문제가 있는 건 아닐까. 어떻게 하지? 아무래도 내일부터 담배를 끊어야겠다. 내일부터 안 피우니까 오늘 하나 더 피워야지. 그런데 금연 패치라도 사서 붙여야 하나. 껌이라도 한통 사놓을까 보다.

꼬리에 꼬리를 물고 생각이 이어진다. 왜 생각은 끊임없이 이어질까? 이런 생각은 그만해야지 하는 순간 또 다른 생각으로 이어진다. 이제는 정말 그만 생각해야지. 그게 또 생각이 된다.

사람은 하루에 오만 가지 생각을 한다. 정확히 오만 가지다. 어떻게 아느냐고? 모두들 안다. 이렇게 말하지 않는가. 오만 가지 생각으로 머릿속이 꽉 찼다고. 생각을 하지 않고 사는 사람은 없지만 남보다 유달리 생각 많은 사람들이 있다. 생각이 오만 가지가 아니라 오만 오천 가지쯤이거나 육만 가지쯤 되는 사람들이다. 듣기 좋은 말로 사변적이라고 한다. 쉬운 말로는 잡생각이 많은 거다. 그 잡생각 중에 많은 것들이 쓸데없는 걱정이다. 앞에 '잡(雜)'이라는 글자가 들어가는 말을 한번 떠올려보자. 그다지 쓸 만한 걸 찾기 힘들다. 잡음은 시끄러운 소리이고 잡것은 여러 가지가 섞여 순수하지 못한 물건을 이르는 말인데 거의 욕에 가깝다. 잡기에 능하다는 것도 그다지 좋은 소리가 아니다. 자질구레한 것에 빠져 있다는 말이다. 잡담은 쓸데없이 지껄이는 말이고 잡종은 순수하지 못한 생물체를 말한다. 잡생각도 그 범주에서 크게 벗어나지 못한다. 생각이 많다면 거의 필요 없는 생각들로 머리가 차 있다는 말이다.

사변적이라는 단어의 뜻은 '경험에 의하지 않고 사유에 의한 것'이다. 즉 움직이지 않고 머리만 굴린다는 거다. 생각 많은 사람들의 가장 큰 특징이다. 현실에서 부딪쳐 알아보고 얻어내는 게 아니라 머릿속으로 생각만 한다. 생각을 하는 건 돈이 드는 것도 아니고 힘이 들지도 않는다. 가만히 앉아서 머리만 굴리면 된다. 그런데 이 머리 굴리기는 큰 부작용이 있다. 머리를 고속으로 회전시키면 부작용이 돌출한다. 머릿속이 사정없이 복잡해진다. 생각에 생각이 꼬리를 물면서 머릿속은 온통 헝클어진다. 처음에 무슨 생각을 하려고 했는지조차 모르게 된다.

수없이 생겨나는 생각 중에 기분을 가볍게 해주고 기쁘게 해주는 것들은 의외로 많지 않다. 대부분 '어떻게 하지?' 또는 '어떻게 하면 좋을까?'라는 걱정들이다. 걱정이 많아지면 정신이 혼란스럽다. 좋지 않은 생각에 짓눌리는데 무슨 재주로 맑은 정신이 되겠는가. 정신이 혼미해지는 건 당연한 결과이고 심할 땐 풍랑에 종이배 흔들리듯 불안해지고 조급해진다. 몸이 물먹은 것처럼 한없이 무겁다. 표정은 편치 않은 기색이 역력해서 옆에서 보는 사람도 왠지 불편하다. 단지 생각에 몰두했을 뿐인데 나타나는 결과들이다. 생각은 생각으로 끝나지 않고 심신을 힘들게 만든다.

고민의 90퍼센트는
일어나지 않는다

걱정이란 끊임없이 떨어지는 물방울과 같다. 한 번도 쉬지 않고 똑똑 떨어지는 물방울은 사람을 미치게 하고 자살의 구렁텅이로 몰아넣는다.

—《카네기 행복론》 중에서

생각 없이 사는 게 문제라고 하지만 너무 생각이 많은 것도 문제다. 그 많은 생각과 걱정 중에 쓸 데 있는 건 별로 없기 때문이다. 친구들과 모임이 있는 주말에 비가 온다고 하면 비 올 때 할 수 있는 걸 하면 된다. 비 오는 날 만난 사람들이 서로 얼굴만 쳐다보고 있는 건 아니지 않은가. 모임이 있기도 전에 미리 걱정을 할 필요가 없다. 그날 정작 비가 안 올 수도 있는 것이다. 속이 쓰리고 소화가 안 된다면 병원에 가보는 게 먼저 할 일이다. 몸을 움직여야 하는데 머리만 굴린다. 큰 병이 아닐까. 혹시 죽을병이면 어떡하나. 걱정이 걱정을 부른다. 병으로 죽기 전에 걱정 때문에 먼저 죽을 판이다. 가래가 끓고 가슴이 아플 정도면 담배를 끊으면 된다. 금연은 행동이지 생각이 아니다. 그런데 생각만 한다. 내일부터 끊을 건데 하나 더 피우면 안 될까 하는 생각을 하면서 금연이 될 리 없다. 계속 가슴이 아플 것이고 담배를 끊어야겠다는 생각만 되풀이한다. 결국 쓸데없는 걱정들이다. 해결방법을 모르는 것도 아니고 아는 대로 하면 될 것들이다. 그런데도 해결하려 하지는 않고 걱정만 한다. 걱정도 팔자라더니 꼭 그 꼴이다.

생각은 어디서 시작되는가. 나에게서 시작된다. 내가 시작하고 내가 끝내는 것이 생각이다. 생각의 주인은 나인 것이다. 그런데 생각을 하다 보면 거꾸로 되어버린다. 꼬리를 물고 이어지는 생각에 내가 끌려다닌다. 생각이 주인이 되어버린다. 생각에 끌려다니지 않으려면 주인이 되어야 한다. 주인 자리를 찾아와야 한다. 내 마음대로 시작하고 끝내면 끝없이 이어지는 생각에 머릿속이 혼란해지는 일은 줄어든다.

《카네기 행복론》에서 데일 카네기는 자신의 어릴 적 고민을 털어놓는다. 어려서 그는 생매장당할까 봐 울었고 번개가 치면 벼락에 맞아 죽지 않을까 걱정을 했다. 집이 어려워지면 끼니를 굶을까 봐, 죽으면 지옥에 가지 않을까 걱정했다. 그의 걱정이 바보처럼 보이지만 우리가 하는 생각 중에 많은 것들 역시 그렇게 말이 되지 않는다. 어린 카네기는 진짜 고민이었지만 우리는 고민하는 것들이 괜한 고민이라는 걸 알면서도 계속 고민한다. 카네기는 나이가 들면서 자신이 어릴 때 고민한 것들 중 90퍼센트는 실제로 일어나지 않을 일이라는 걸 알게 되었다고 한다. 현대인의 머리를 꽉 채운 생각과 걱정들 역시 크게 다르지 않다. 날마다 쏟아지는 오만 가지 생각 중에 적지 않은 것들은 쓸데없는 걱정이다.

오늘 걱정을 내일로 미루자

과식은 많이 먹는 것이다. 비만을 유발한다. 비만은 각종 질병을 불러 몸을 힘들게 만든다. 생각이 지나치게 많은 것도 마찬가지다. 끝없이 이어지는 생각과 걱정들을 적절히 조절하지 못하면 정신을 힘들게 만든다. 머리가 복잡해지고 두통이 온다. 가슴이 답답해지기도 한다. 어지럽고 머릿속이 뒤죽박죽이다. 쓸데없는 곳에 에너지를 쏟아부으니 살이 찌지 않는 건 부작용이면서 장점이다. 그 대신 정신이 복잡해지니 역시 세상에 공짜는 없는 법이다.

살이 많은 사람에게 체중을 줄이는 다이어트가 필요하다면 생각 많은 사람에게는 생각 다이어트가 필요하다. 생각을 줄이고 비우는 것이다. 생각을 비우면 머리가 가벼워지고 기분도 좋아진다. 육만 가지 생각을 한다면 오만 가지 정도로 줄이고 오만 가지 생각을 한다면 사만 가지 생각 정도로 줄이면 한결 가볍다.

학교를 다닐 때였다. 수업에 들어온 교수님이 칠판에 뭐라고 한 줄을 쓰더니 도로 문을 열고 나가버렸다. '오늘 할 일을 내일로 미루자.' 휴강이라는 얘기였다. 걱정을 대하는 좋은 자세다. 걱정이 떠오르면 잠시 미루어 놓는다. '오늘 걱정을 내일로 미루자.' 걱정이 머리를 아프게 할수록 미루는 게 좋다. 생각 많은 사람의 걱정이란 게 별거 없다. 해도 그만 안 해도 그만인 것에 매달려 있는 경우가 많다. 그러니 내일로 미루고 오늘은 걱정을 하지 않으면 된다. 하루가 지나면 생각도 나지 않는다. 오늘은 아무 생각 없이 살면 된다.

지하철 타고 출근을 하는데 이런저런 생각이 머리를 가득 메워온다. 아무리 생각해봐도 별것 아니다. 그런데도 생각은 떠나지 않는다. 가벼운 마음으로 출근하고 싶은데 머리가 복잡해진다. 그럴 땐 생각을 구겨버린다. 종이에 무언가 쓰다가 틀리면 한손으로 구겨버린다. 그리고 쓰레기통에 던져버린다. 생각도 그렇게 구기면 된다. 꽉꽉 구겨서 야구공처럼 만들어 밖으로 던진다. 세게, 세게 밖으로 던진다. 보이지 않는 곳까지 던져 생각을 머릿속에서 쫓아낸다. 한 번에 되지도 않고 쉽게 되지도 않지만 연습을 해보면 안 되지도 않는다. 야구공 던지듯 생각을 던져버린다.

꼴 보기 싫은 사람 생각에 진저리가 날 때가 있다. 생각할수록 짜증이 나는데 생각은 떠나지 않는다. 오늘은 또 어떻게 하루 동안 보고 있지. 걱정이 된다. 생각하지 않으면 괴롭지도 않을 것을 생각을 떠올려 스스로 고통 받는다. 생각이 그 사람 얼굴이라 여기고 꽉꽉 구긴다. 구기고 밟아서 야구공으로 만들어 던져버린다. 생각하지 않으면 괴롭지도 않다. 생각이 떠오르면 던져버린다. 휭~.

머리를 비우면
마음도 몸도 편해져

카네기가 자신의 책에서 '평균율 법칙'을 말했듯이 우리가 걱정하는 것들의 90퍼센트는 실제 일어나지 않는다고 한다. 일어나지 않을 일들로 골치를 썩이는 게 사람이고 현대인이다. 걱정을 하는 게 아니라 대응을 해야 한다. 걱정이 있다면 해결방법이 있는지, 스스로 해결할 수 있는 것인지를 먼저 판단해야 한다. 한참 살이 오르는 친구는 살이 쪄서 걱정이라며 진짜 걱정만 한다. 걱정이 아니라 덜 먹고 운동을 하면 된다. 방법을 모르는 게 아니다. 주식을 하는 친구는 날마다 주가 걱정이다. 걱정한다고 주가가 오르거나 내리지 않는다. 자신에게는 결정권이 없다. 시장이 정한 시세에 어떻게 대응할 것인지가 우선이다. 걱정의 대부분은 걱정의 문제가 아니다. 대응의 방법을 찾아서 어떤 실행을 하느냐의 문제이다.

어렸을 때 엄마는 이렇게 말하곤 했다. 얜 잡생각이 너무 많아. 맞는 말인데 그게 무슨 소린지 그땐 몰랐다. 다 컸을 때 누군가 이렇게 말했다. 사변적이야, 좋게 말하면. 그럴 듯하게 들려서 좋은 말인 줄 알았다. 머릿속이 복잡하다는 생각이 들었을 때, 그래서 가끔 심신이 힘들어질 때, 그때 알았다. 너무 생각이 많구나. 알고 보니 나도 잡생각에 일가견이 있는 사람이었다. 생각이 너무 많을 때 다시 생각해보니 쓸모 있는 생각은 거의 없다는 것도 알았다.

백 년도 못 살면서 천 년의 근심을 가지고 사는 게 인간이라고 한다. 그만큼 사는 게 어렵다는 이야기일 수도 있고 그만큼 쓸데없는 걱정을 안고 산다는 말일 수도 있다. 생각이 많고 걱정이 많을 때는 머리를 깡통처럼 비우고 싶다는 생각이 든다. 머리를 비우면 가벼워지고 편해질 것이다. 감정의 거스름이 없는 무념의 경지. 진짜 깡통 되면 어쩌나 생각한다면 또 쓸데없는 걱정을 하는 꼴이다. 깡통 될 머리라면 애초부터 그렇게 생각이 많지도 않았을 게다. 비우고 또 비워도 생각은 또 들어찬다. 필요한 생각만 남기고 모두 비우면 편하다. 머리가 비워지면 마음도 몸도 편하다. 인생에 도움 안 되는 걱정들에 짓눌려 살 이유는 없다.

이
정
도
면

충
분
해

세상에 부자는
한 명도 없더라

인력거꾼 김첨지는 그날 정말 운수가 좋았다. 오늘은 나가지 말라며 매달리는 중병 걸린 아내를 뿌리치고 돈을 벌겠다고 나온 길이었다. 비가 와서인지 손님이 끊이지 않아 생각지도 못한 돈을 벌 수 있었다. 첫 손님, 두 번째 손님이 준 돈이 손바닥에 떨어질 때 김첨지는 눈물까지 흘릴 뻔했다. 이게 얼마만의 돈인가. 그런데 행운이 꼬리를 물고 이어지자 덜컥 겁이 난다. 돈이 많이 벌려서 좋은데 왠지 모를 불안감이 조금씩 덮쳐 온다. 친구를 만나 기분 좋게 술을 한잔하지만 불길한 예감은 가시지를 않는다. 그 불안감은 아내가 죽었을지 모른다는 것이었다. 아내에게 주겠다고 설렁탕을 사 들고 집으로 간 김첨지는 틀리지 않은 예감과 마주한다. 돈을 많이 벌어 운수가 좋았던 그날은 김첨지에게 가장 운수 나쁜 날이었다.

현진건의 소설 〈운수 좋은 날〉에서 김첨지의 아이러니는 처연하다. 당장 필요한 돈을 많이 벌었지만, 병들어 굶고 있는 아내를 위해 설렁탕을 사지만, 그 모든 것은 이제 필요가 없다. 남루한 삶 속에서 조금이라도 더 벌어보려고 애쓰는 김첨지의 불길한 예감은 슬프지만 정확했다. 당장의 현실을 위해 필요한 돈을 버는 순간에 그의 정말 소중한 것은 사라져가고 있었다. 김첨지 자신도 그걸 알고 있다. 정확한 예감은 두려움으로 다가오고 그는 마주치고 싶어 하지 않는다. 애써 외면하려 술을 마시고 집으로 가는 발걸음을 늦춘다. 그런다고 피할 수 있는 게 아니다. 누구나 가끔씩은 현실을 피하려 한다. 그러나 성공한 사람은 없다.

　김첨지는 선술집에서 술을 마시다 돈을 집어 던지며 외친다. "이 원수엣 돈! 이 육시를 할 돈!" 돈 때문에 무언가를 잃고 있음을 알고 있는 그는 돈에 진저리를 치지만 다시 집어 챙긴다. 돈은 그렇다. 세상에 다시 없는 원수이기도 하지만 그렇다고 절대 버릴 수는 없다. 가장 중요한 것이 사라져가는 마당에도 기를 쓰고 매달려야 하는 게 돈이다. 김첨지는 그런 현실에 충실했고 그런 현실에서 한 발짝도 벗어날 수 없었다. 살아야 했고 벌어야 했다. 그래봐야 많이 버는 것도 아니고 근근이 먹고사는 형편 밖에 안 되면서 말이다. 〈운수 좋은 날〉의 슬픈 아이러니는 김첨지만의 것이 아니다. 당신의 것이기도 하고 나의 것이기도 하다. 그런 의미에서 김첨지는 바로 나다.

돈이 충분한 사람은 없다

　세상에 부유함이 싫은 사람이 어디 있을까. 《논어》〈술이(述而)〉 편에서 공자는 이렇게 말한다. "부자라는 것이 노력해서 될 수 있다면 채찍을 잡는 마부 노릇이라도 또한 하겠지만 그렇지 못할 땐 내가 좋아하는 일을 추구하겠다." 세계 4대 성인으로 꼽히고 세기의 사상가이며 학자들에게 추앙을 받는 공자도 부유함이 싫지는 않았나 보다. 그 시대에도 부유해지는 것은 어려웠는지 공자는 자기가 하고 싶어 하는 학문의 길을 간다.

돈 벌기가 어려운 건 공자가 살았던 시대나 지금이나 별로 다를 게 없다. 그래서 사람들은 모두 돈이 없다고 한다. 어느 누구도 '나 돈 많아'라고 말하지 않는다. 노숙자부터 재벌 총수까지 모두 돈 걱정이다. 노숙자는 돈이 없어 길거리에서 자느라 단잠을 못 자고 재벌 총수는 날마다 회사 운영할 돈 걱정에 단잠을 못 잔다. 세상 누구나 돈을 벌고 싶어 하고 세상 누구나 돈이 없어서 고민이다. 일본 여행을 하고 싶다는 이십 대 누구는 돈이 없어서 못 간다고 한다. 조그만 가게를 하고 싶다는 삼십 대 누구는 돈이 없어서 더 모아야 한다며 여전히 회사를 다닌다. 일 억 가까운 연봉에 맞벌이를 하는 사십 대 누구는 왜 이렇게 돈이 모이지 않느냐고 한다. 어느 나이도 어느 누구도 돈이 없다. 돈이 충분할 만큼 있는 사람은 없다.

살아오면서 알 수 있는 게 하나 있더라. 돈은 항상 없다는 것이다. 어느 순간에도 어느 나이에도 돈은 없다. 돈이 없어서 몇 년을 더 모아야겠다고 하지만 그 몇 년이 지나서 보면 돈은 여전히 없다. 나이가 들어 시간이 지나고 월급도 좀 많아지고 열심히 저축을 하면 돈이 어느 정도 생길 것 같지만 역시 그때도 모자란다. 돈이 없어서 일본 여행을 가지 못하는 스무 살은 서른이 되어도 가지 못한다. 서른이 되어도 역시 돈이 없을 것이기 때문이다. 돈을 더 모아서 가게를 열겠다는 서른 살도, 돈이 왜 모이지 않느냐는 마흔 살도 마찬가지다. 시간과 노력에 따라 상황이 조금 달라지기는 해도 크게 달라지지 않는다. 시간만 잡아먹을 뿐 '돈을 더 모아서'라고 하는 그 순간은 쉽게 오지 않는다. 시간이 지나도 돈은 역시 없다.

한 조사에 의하면 로또 복권에 맞아도 직장을 그냥 다니겠다는 응답이 98퍼센트나 되었다. 로또 1등 당첨금은 2011년 기준으로 평균 18억 원. 연봉을 5천만 원이라고 했을 때 18억 원은 단순 계산으로 36년치 월급이다. 그 돈이 있어도 집 한 채 사면 그만인데 어떻게 직장을 그만두느냐고 한다. 그 정도 액수도 넉넉하지 않다. 그러니 돈은 항상 모자랄 수밖에 없다. 로또가 꿈이라고 말들 하지만 실제 로또가 당첨되어도 달라지는 건 아무것도 없다. 돈이 좀 많아진 것뿐이다. 돈벼락을 맞아도 돈은 또 모자란다. 그러고 보면 세상에 부자는 없다.

> 오늘 아침을 다소 행복하다고 생각하는 것은
> 한 잔 커피와 갑 속의 두둑한 담배,
> 해장을 하고도 버스값이 남았다는 것.

> 오늘 아침을 다소 서럽다고 생각하는 것은
> 잔돈 몇 푼에 조금도 부족이 없어도
> 내일 아침 일도 걱정해야 하기 때문이다.

가난은 내 직업이지만

비쳐오는 이 햇빛에 떳떳할 수가 있는 것은

이 햇빛에도 예금통장은 없을 테니까……

나의 과거와 미래

사랑하는 내 아들딸들아.

내 무덤가 무성한 풀섶으로 때론 와서

괴로웠을 그런대로 산 인생 여기 잠들다, 라고,

씽씽 바람 불어라……

―〈나의 가난은〉

　천상병 시인은 가난과 고난으로 점철된 삶을 살았다. 그래도 그는 이승에서의 삶을 소풍이라고 불렀다. '아름다운 이 세상 소풍 끝내는 날, 가서 아름다웠다고 말하리라…' 시에서 보이듯 시인의 삶에 대한 시선은 경지에 가깝다. 그런 그도 가난은 피할 수 없는 힘듦이었을까. 시 〈나의 가난은〉에서 한 잔의 커피와 두둑한 담배에 기뻐하지만 곧바로 내일 아침에 대한 걱정을 한다. 시인도 부유하게 살고픈 마음이 있었을까. 아니면 공자처럼 부유함이 마음대로 되는 게 아니란 걸 알고 그가 좋아하는 시의 길로 들어선 것일까.

　부유해지고 싶었다. 나도 돈을 많이 벌고 싶었다. 그러나 나에게 그런 재주는 없었다. 전세를 살고 있던 때, 집주인이 갑자기 집을 비워달라고 했다. 목소리를 높이고 싸웠지만 방법은 없었다. 집주인은 당당했고 돈은 힘이 셌다. 그런 꼴 또 당하기 싫어서 집을 사겠다고 나섰다. 아무리 긁어모아도 돈은 모자랐다. 여기저기서 끌어올 수 있는 대출은 모두 끌어왔다. 돈, 돈, 돈이 아쉬웠다. 집 계약을 하고 돌아오는 밤길에 늦은 저녁을 먹으려 들어선 식당. 설렁탕 두 그릇이 놓인 탁자는 금방 찬바람이라도 지나간 듯 휑해 보였다. 방석을 붙여 아이를 눕히고 국물을 몇 숟가락 넘기지 않아 슬그머니 눈물이 올라왔다. 설렁탕 국물은 맛있었지만 맛을 느끼기 어려웠다. 내 집이 생겼는데, 처음으로 집을 샀는데, 기쁘지가 않았다. 기쁘기는커녕 힘든 전쟁을 치른 느낌이었다. 돈의 전쟁, 그 전쟁의 끝에서 만난 건 눈물이었다.

돈이 사람을 분류하는 기준이 아니라고 생각해왔지만 그건 착각이었다. 돈의 가치를 착각한 대가는 많은 고통이었다. 세상은 통장의 잔고로 정확하게 사람을 나누었다. 돈이 없다는 것은 불편한 것으로 끝나는 게 아니라 비참한 것이었다. 불편해서가 아니라 비참해 보여서 돈을 벌고 싶었다. 부동산 투자와 주식 투자의 대박 신화가 인터넷과 매스컴을 타고 떠돌았다. 돈 좀 벌어보자고 이를 갈며 공부를 시작했다. 주말에 먼 곳까지 가서 강의를 듣고 책을 싸들고 주말마다 도서관으로 갔다. 몇 달을 도서관에서 주식 책을 들여다보며 공부를 했다. 대박 신화의 주인공이 내가 되지 말라는 법도 없지 않은가.

그때 대박 신화의 주인공이 되었다면 지금 풍족하게 살고 있을까. 돈이 많아서 남들에게 부러움을 받고 있을까. 통장에 돈이 가득해서 즐거울까. 가보지 못한 길은 항상 궁금하다. '10억 원을 번다면 10년 동안 감옥에서 살아도 좋은가'라는 질문이 있었다. 18퍼센트나 되는 사람들이 좋다고 대답했다. 아직 가치판단이 미숙한 청소년을 대상으로 한 설문조사의 결과였다. '가치판단이 미숙하지 않은' 어른들을 대상으로 설문을 했다면 어땠을까. 그것보다 훨씬 높은 비율의 대답이 나오지 않았을까? 10년이란 시간을 삶에서 도려내어 버려야 하는 일이지만 10억이라는 돈은 그것마저도 선뜻 받아들이게 한다. 그만큼 돈은 힘이 세다. 그런 제안이 실제로 들어왔다면 쉽게 물리치지 못했으리라. 돈을 많이 벌 수 있다면 영혼을 파는 거래라도 할 것 같았다.

　해마다 해외여행을 가고 큰 차를 끌고 다니면 기뻐야 한다. 돈이 많아서 가능한 것이니까. 돈이 많다는 건 좋은 거니까, 기쁜 거니까. 그래서 기를 쓰고 돈을 벌려고 하는 것 아닌가. 그래서 돈이 많으면 자랑스러운 거 아닌가. 그럼에도 삶이 기쁘다고 말하는 사람은 보기 힘들다. 얼마나 부유해야 기쁨이 찾아올까. 비싼 외제차를 끌고 아무리 써도 돈이 모자라지 않으면 그때는 삶이 기쁨으로 빛날까. 그렇지 않을 거라고 다들 말을 한다. 그렇다면 삶이 기쁘지 않은 것은 돈 때문이 아니다. 돈이 더 많으면 인생이 확 달라질 것처럼 말하지만 달라지는 건 통장 잔액뿐이다.

　돈이 많기를 바라는 건 왜인가. 남들보다 잘살기 위한 게 아니라면, 자랑하기 위한 게 아니라면, 단순히 편히 먹고살기 위해서라면 바라는 욕망의 끝이 어딘가를 정해놓아야 한다. 그 끝이 어디인지도 모르고 무조건 달려가지 말아야 한다. 달리기 실력이 형편없으면 적당히 달리다

멈춰야 한다. 멈춰야 할 곳을 모르면 뛰다가 길 위에서 쓰러져 죽을 수도
있다.

밥이나 먹고 사는
그 단순함

어느 날인가 신문 칼럼에서 어떤
할머니의 한 마디가 눈에 들어왔다. '밥이나 먹고 살면 되는 거지.' 그 단
순함은 어떤 고고한 철학보다 명쾌했다. 그 할머니에게 돈이란 밥이나
먹고 살기 위한 것이었다. 그럼 나에게 돈은 무엇인가. 먹고사는 것 이상
의 이유가 있었던가. 세상을 위해서, 누군가를 도와주기 위해서, 훌륭한
기업을 만들기 위해서, 그렇게 돈을 많이 가지고 싶었던 것인가? 아니다.
그저 먹고살기 위해서였다. 잘살기 위해서, 편히 살기 위해서였다.

'밥이나 먹고 사는' 그 단순함이 좋아보였다. 현실과의 적당한 타협
이었다. 돈 좀 있다는 사람이라면 또는 돈 좀 벌어보겠다는 사람이라면
한심하게 보일 일이다. 그들은 이렇게 말할지도 모른다. '밥이나 먹고 살
겠다고 하면 밥마저 굶고, 많이 벌어놔야겠다고 해야 간신히 밥이나 먹
을 수 있다.' 그게 맞는 말일 수도 있다. 그러나 그건 그들의 골인 지점이
다. 돈을 많이 벌어야겠다고 마음먹었을 때, 많은 돈을 벌지 못해서 나는
고통스러웠다. 밥을 굶어서가 아니었다. 남들만큼 돈이 없다는 사실에,
돈을 많이 벌어야겠다는 생각에 힘들었다. 먹고살 만큼 돈을 번다면 그

이상은 돈을 벌기 위해 시간과 노력을 바치고 싶지 않다. '밥이나 먹고 사는'이라는 골인 지점은 애매모호하면서도 편안하다. 그건 목표가 아니라 돈을 따라다니다 이러해도 저러해도 안 되니 포기하는 것이기도 하다. 그렇지만 그것도 나쁘지 않아 보인다.

한 잔 커피와 두둑한 담배에 만족할 만큼 삶과 가난에 대한 철학은 없다. 돈은 좋은 것이다. 그러나 어쩌랴. 풍족히 벌어들이지 못하는 걸. 돈을 벌 기회가 있다면 아낌없이 벌고 싶다. 잘살고 싶으니까. 그러나 기회가 없다고 속을 태우지 않으려 한다. 분노하지도 않으려 한다. 그냥 갈 뿐이다. 열심히 최선을 다하고 땀을 흘리며, 지금까지 살아온 것처럼 그렇게 또 오늘을 살아간다. 나는 부유하지 않지만 세상도 나처럼 돈 없다는 사람으로 가득하더라. 세상에 부자는 없더라.

스마트하지 않은
즐거움

스마트폰을 쓰지 않는 친구가 말한다. 살짝 걱정되고 살짝 두렵기도 해. 뭐가. 스마트폰을 쓰지 않는 건 걸리지 않는데 그러다 자꾸 뒤떨어지는 것 같아서. 이런, 그렇군, 이런 일이 생기는군. 시대에 뒤떨어진다? 걱정이 된다?

아주 예쁜 아내와 아주 멋진 남편과 아주 귀여운 아이가 스크린을 채운다. 더할 수 없이 행복해 보인다. 세련되고 멋진 화면은 보는 사람을 현혹한다. 극장에서 영화가 시작하기 전 광고가 한참 이어지는 중이다. 스마트청소기는 리모컨을 눌러주니 알아서 방을 돌아다니며 청소를 한다. 아내는 소파에 누워 편하게 쉰다. 쉬는 것도 예쁘고 우아한 모습으로 쉰다. 스마트냉장고는 인터넷 화면으로 몸에 맞는 식단을 추천해주고 조리법도 알려준다. 그럴 듯하다. 오븐은 재료를 넣고 버튼 하나 누르면 요리를 해준다. 멋진 남편이 활짝 웃으면서 오븐 앞으로 간다. 이렇게 좋을 수가. 할 일이 없는 가족들은 스마트TV로 3D영화를 보고 게임을 하고 인터넷도 한다. 영화 속의 한 장면 같다. 편안하고 멋지고 삶의 질이 한층 높아지는 것 같다. 스마트하다. 화면 속 그들은 아무 말 없이 행복해서 죽을 것처럼 웃는다. 이렇게 말하는 것 같다. 얼마나 편하고 좋아, 이 정도는 돼야지.

스마트한 삶을 향해 모두 몰려간다. 선망의 대상이다. 저건 내꺼야. 꼭 가져야 해. 스마트한 삶을 향해 달려가는 사람들은 두려워한다. 스마트하지 못하게 살까 봐. 그렇게 보일까 봐. 시대에 뒤떨어질까 봐 걱정한다. 그 대열에서 이탈하는 건 상상하기도 싫다. 그 대열의 중심에 서고 싶어 한다. 스마트하게 살고 싶어 하고 폼 나게 살고 싶어 한다. 스마트한 삶은 단어의 뜻 그대로 현명하고 영리하고 재치 있고 맵시 있다.

세련된 시대다. 손 안에서 스마트폰으로 세상을 본다. 스마트폰만 있는 게 아니다. 태블릿PC도 하나씩은 가지고 있다. 시대를 따라가려면 그 정도는 갖춰야 한다. 짜릿한 시대나. 인터넷을 열면 섹시한 이미지들이 넘쳐난다. 누가 더 짜릿하고 섹시한지 겨루느라 여념이 없다. 배틀 수준이다. 연예인만 그런 게 아니다. 일반인들도 그에 못지않다. 거리 곳곳을 둘러봐도 섹시함은 넘쳐난다. 빠른 시대다. 실시간으로 세상 일이 퍼진다. 말 한마디 하면 동시에 수만 명이 알게 된다. 지구 반대편에서 일어난 일도 마찬가지다. 재미있는 시대다. 너도나도 유머 감각을 자랑한다. 영화도 책도 사람도 재미있어야 인기가 있다. 유머는 최고의 무기다. 재미없는 건 거의 죄악이다.

스마트하지 못한 편안함

그런 시대에 살고 있지만 나는 세

련되지 못하다. 스마트폰을 쓰고 싶어 하지 않는다. 내비게이션도 그다지 쓰고 싶지 않다. 크게 불편하지 않다고 생각한다. 물론 불편하기는 하다. 그래도 그냥 참고 산다. 그 정도 불편함이야 일도 아니다. 나는 짜릿하지도 못하다. 보여줄 섹시함이 없다. 키는 작고 근육질의 식스팩도 없다. 생긴 것마저 그리 눈에 뜨이거나 매력적이지 않다. 나는 절대 빠르지 않다. 느릿하게 걸으려 한다. 영악하지 못하고 영악하게 살기를 바라지 않는다. 세상 소식에도 둔하다. 둔하기도 하지만 크게 관심도 없다. 소식에 둔하니 정보를 얻는 데 뒤처지기 일쑤다. 그런 마당에 재미까지 없다. 유머를 타고나지 못했다. 말도 그렇게 많지 않은 편이다. 사람을 만날 때는 할 말을 찾는 데 서툴러 어색해지거나 오해를 사기도 한다. 사람과 착착 붙는 맛이 없다. 상대방에게 죄짓는 기분까지 든다. 이거야말로 어디를 봐도 스마트하지 못하다. 스마트한 시대의 낙오자에 가깝다.

불편하지만, 짜릿하지 않지만, 둔하지만, 재미없지만, 그런 상태가 그리 나쁘지 않다. 마음에 들고 편하다. 버스나 지하철을 타면 멍하니 밖을 보거나 잠을 잔다. 스마트폰이 없어서 고개를 처박을 일이 없다. 가끔 아이가 좋아하는 걸 뭘 사갈까 생각도 한다. 책도 보고 신문도 본다. 스마트폰을 쳐다보는 것보다 멍 때리거나 조는 게 더 좋다. 로봇청소기에게 청소를 시키고 소파에 편하게 누워 있기보다 몸을 움직여 청소를 하는 게 더 낫다고 생각한다. 운동도 되고 힘든 시늉하며 청소하면 아내에게 칭찬도 받는다. 아내에게 칭찬 받는 거 정말 어려운 일이다. 그 기회를 로봇에게 주기는 너무 아깝다. 냉장고의 인터넷 화면에서 요리를 배우느니 아내에게 배우겠다. 더 잘 알려주지는 못하겠지만 더 재미있고 사이도 좋아진다. 식구 입맛에 딱 맞는 조리법을 알 수 있다. 스마트하지 않아서 가능한 것들이다. 스마트하지 않아서 좋은 것도 꽤 많다. 바보 같다고? 왜 고생을 사서 하느냐고? 내가 보기엔 스마트하다고 생각하는 그 삶들이 별로 스마트하게 보이지 않는다.

삶의 방식을
선택한 것일 뿐

시대에 뒤질까 봐 두렵다는 말이 아주 틀린 말은 아닐 것이다. 획획 날아가듯 하는 시대에 한번 뒤처지면 회복하기 어려울까 봐 걱정도 될 것이다. 시대에 뒤처지는 생활이 한편으론 후지게 보이는 것도 사실이다. 그러나 그건 뒤떨어지는 것도 후진 것도 아니다. 어느 것을 선택했느냐의 문제이다. 스마트한 것과 스마트하지 않은 것은 삶의 수준이 아니다. 어떤 방식을 선택하느냐의 결과이다.

아파트에 사느냐, 단독주택에 사느냐, 전원주택에 사느냐는 거주의 형태가 다른 것이지 사람이 다른 게 아니다. 어느 집에 사는 사람이 더 뒤진다고 말할 수 있는 게 아니다. 뒤진다거나 이상하게 보인다고 두려워하고 걱정할 일이 아니다. 이렇게 말하면 이렇게 대꾸하는 사람 꼭 있다. 아파트는 세련되고, 단독주택은 후줄근하고, 전원주택은 촌동네라고.

좋은 가전제품을 쓰는 사람은 멋진 사람이고 낡은 제품을 쓰는 사람은 후진 사람이라고 생각하는 것도 마찬가지다. 그런 생각을 가지고 있다면 평생 두려움 속에 살아야 한다. 뒤질까 봐 혹은 자신의 삶이 후줄근하게 보일까 봐 늘 두려워해야 한다. 그러니 쫓기며 살 수밖에 없다. 아무도 쫓아오지 않는데 스스로 쫓긴다.

운동은 몸을 힘들게 하고 숨차게 하고 땀을 흘리게 한다. 독서나 공부는 머리를 편치 않게 한다. 참 불편한 일이다. 그 힘들고 불편한 운동을 왜 하나. 공부나 독서는 왜 하나. 스마트하게 편하게 살면 되지. 구한말에 조선에 온 외국인 선교사들이 테니스를 치고 있었다. 땀을 뻘뻘 흘리며 운동하는 걸 보고 있던 선비들이 한마디했단다. 아랫것들 시키면 될 것을 저 힘든 걸 왜 하고 있나. 그러게 말이다. 우리 조상들 일찍부터 스마트했다. 그런 게 스마트한 거라면 스마트하고 싶지 않다. 스마트하지 않게 산다는 게 두려워할 일이 아니다.

한때 나도 선구자였다. 286컴퓨터가 눈앞에서 껌벅껌벅하며 화면을 보여줬을 때 신기하고 감탄스러웠다. 그렇게 신기한 물건은 생전 처음이라고 해도 좋을 만했다. 그날로 컴퓨터에 푹 빠져들었다. 흑백 화면에 영어로 글자를 쳐가며 명령을 내리던 컴퓨터는 지금은 박물관에나 있겠지만 그때는 첨단이었다. 더 알고 싶어도 알지를 못하니 배워야 했다. 배울곳도 별로 마땅치 않아서 책을 몇 권 사서 독학에 나섰다. 그때 컴퓨터 공부 꽤나 했다. 지금 봐서는 공부 같지도 않은, 단순히 컴퓨터 움직이는 수준에 불과했지만 그때는 그것도 제대로 하는 사람 드물었다. 얼리어답

터였고 선구자였다. 남들보다 첨단을 달렸다. 386컴퓨터를 들여놓고 인터넷을 했다. '윈속'이라는 프로그램을 사용해서 전화선으로 연결하는 인터넷이었다. 사진 한 장 보려면 커피 몇 모금 정도는 마실 시간이 필요했다. 누구보다 앞서 나갔다. 그게 스마트한 삶이었나? 세련, 첨단, 그런 것이었나? 그래서 남들보다 앞에 서서 살고 있나? 그렇다고 한들 그게 내 삶에 무슨 변화를 주었나? 그렇지 않다. 그건 그냥 생활의 한 형태일 뿐이다.

슬로 라이프, 나무늘보의 삶

스마트함과 스마트하지 않음은 차이가 아니라 선택이다. 어떤 형태의 삶을 택할 것이냐의 문제에 불과하다. 앞서고 뒤지는 것, 세련된 것과 후진 것의 문제가 아니다. 스마트하지 않은 게 아니라 선택한 거다. 나의 방식을 선택하는 능력이 있는 것이다. 오히려 무작정 따라다니는 게 스스로 선택하는 것보다 더 스마트하지 않다. 그건 나의 선택이 아닌 추종이니까. 따라다니는 것은 뒤진 것이고 선택하는 것은 앞선 것이다. 그러니 뒤진 게 아니라 앞서고 있다.

너무나도 게으르고 둔중하고 지능이 낮고 무방비 상태인 이 동물은 도무지 살벌한 생존 경쟁에서 살아남을 수 없는 생물 진화사의 대표적인 실패작이라는 것이, 오랜 시간 구미의 '상식'이었던 듯하다. 하지만 광대한 중남미의 열대림에 널리 번성한 이 동물을 과연 실패작이라고 할 수 있을까?

—《슬로 라이프》중에서

《슬로 라이프》의 저자인 쓰지 신이치는 나무늘보가 되고자 하는 사람이다. 나무늘보는 중남미 열대 우림에 서식하는 포유동물이다. 나무늘보는 흔히 비웃음과 경멸의 상징으로 표현된다. 그 이유는 지나치게 느리고 게으르고 바보 같다고 생각하기 때문이다. 그러나 그건 나무늘보의 살아가는 방식이다. 빠르고 강하고 큰 것을 추구하는 다른 동물들과 다른 방법으로 살아간다. 느리게 살아가는 나무늘보는 자신만의 방식에 적절하게 진화한 몸을 가지고 있다. 에너지 소비를 줄이기 위해 근육의 양을 적게 만들었고 체온도 다른 포유류보다 3~4도 가량 낮다. 근육이 적어서 나뭇가지에 오래 매달릴 수 있지만 어깨, 목, 앞발 부분은 반대로 근육이 발달해서 성인 5명 이상의 힘을 쓸 수 있다. 그럼에도 빠르고 강하고 큰 것을 가장 좋은 선택으로 알고 있는 세상은 나무늘보를 바보처럼 여긴다. 그 생각이 바보 같은 생각이다.

쓰지 신이치는 정신없이 쫓기듯 달려가는 세상에서 느리게 살아가는 방법을 택했다. 그는 천천히 더 천천히 걷자고 말한다. 더 빠르게, 더 멋지게, 더 세련되게 살고자 하는 사람들 사이에서 빈둥거리며 어슬렁어슬렁 살자고 한다. 그는 뒤떨어진 것일까? 그건 자신이 생각하는 대로의 방식일 뿐이다.

스마트하지 않은 삶을 살아가는 친구는 결코 뒤지지 않았다. 스마트폰을 쓰지 않는 게 아니라 선택하지 않은 거다. 자기가 원하는 방식이 아니니까. 빠르지 못하게 사는 것도 걱정할 일이 아니다. 빠르지 못한 게 아니라 느긋한 거다. 일부러 빨라질 이유가 없으니까. 급할 땐 그때 빨라지면 된다. 섹시하지 않은 게 아니라 만천하에 섹시하게 보여야 할 이유가 없으니까 그런 거다. 결정적일 때 섹시해지면 된다. 아내가 원하기라도 하면 말이다. 스마트라는 단어가 '욱신거리다, 쑤시다'라는 동사이기도 하다는 걸 알고 계시는지. 쉴 틈 없이 세련되게, 첨단으로, 짜릿하게, 빠르게, 자극적으로 살아야 하는 건 얼마나 힘든 일인가. 늘 스마트해야 한다면 그건 또 얼마나 피곤한 일인가. 스마트하지 않아서 좋다. 뒤진 게 아니라 선택한 것이다. 그리고 그 선택은 나쁘지 않다. 그러니 친구야, 스마트폰 안 살 거면 그 돈으로 맛있는 거나 사라.

필요하지 않으면
부럽지 않아

"쪽팔려서요." 스마트폰을 들고 온 후배에게 왜 스마트폰을 샀느냐고 물어보니 돌아온 대답이다. 얼마 전만 해도 일반 핸드폰을 쓰고 있는 걸 보았는데 갑자기 스마트폰으로 바꾼 것이다. 자기는 스마트폰이 필요 없다고, 전화하고 문자 보내는 것 외에는 핸드폰을 쓰지 않는다고 한 게 한 달 전이었다. 스마트폰을 사도 결국 전화하고 문자 보내는 기능만 쓸 텐데 왜 필요하냐고 했었다. 그러더니 말과는 다르게 불쑥 새 스마트폰을 들고 왔다. 후배의 말로는 스마트폰의 필요성은 못 느꼈지만 쪽팔린 건 느끼겠더란다. 어느 날 지하철에서 문득 보니 모두 스마트폰을 쳐다보고 있더란다. 그 무리의 한가운데서 일반 핸드폰으로 전화를 받으려니 '쪽팔리더라'는 것이다. 그래서 후배는 스마트폰을 샀다. 쪽팔려서. 통화 기능과 문자 기능만 주로 쓰지만 어쨌든 스마트폰을 가진 사람이 되었다.

　사람이 살면서 갖춰야 할 것들은 주어진 환경이나 삶의 방식에 따라 다르다. 정해진 거처 없이 떠도는 스님이라면 등산 배낭보다도 작은 바랑 속에 필요한 모든 것이 들어간다. 서울의 강남 생활을 즐기는 호화스런 도시인이라면 백 평의 집에도 가지고 있는 것을 모두 들여놓기 힘들다. 어떤 것이 있어야 한다거나 그렇지 않다거나 칼로 자르듯 단정할 수 없는 것은 그렇게 사람에 따라 쓰임이 다르고 형편이 다르고 생각이 다르기에 그렇다.

주변에서 왜 스마트폰을 쓰지 않느냐고 하면 나는 스마트폰의 기능들이 아직 필요하지 않아서라고 말한다. 그렇게 말하면 시늉으로가 아니라 진짜 그렇다고 공감을 표시하는 사람들이 꽤 있다. 통신비가 비싸고 사용하는 기능도 그리 많지 않다고 고개를 끄덕인다. 고개는 끄덕이지만 그들 중 누구도 스마트폰을 포기하려는 사람은 없다. 이상한 일이다. 필요하지는 않아도 갖고는 싶다는 욕망이다.

욕망은 다 채울 수 있는
것일까

필요 없다던 스마트폰을 순식간에 사버린 후배가 지하철에서 느낀 것은 무엇이었을까. 두려움, 결핍, 소외감, 또는 어떤 허기, 이런 것이었을 게다. 무언가를 가지고 있지 못할 때, 남들이 모두 있는 것을 가지고 있지 못할 때, 우리는 여러 감정을 느낀다. 남이 나를 그런 것도 없는 사람이라고 보지 않을까 하는 두려움이 그 하나다. 뒤지는 것 아닐까 하는 생각도 두려움을 가져온다. 결핍의 감정은 당연하다는 듯 따라온다. 남들은 있는데 나는 없으니 그렇다. 그다음에는 허기가 몰려온다. 나도 갖고 싶은 것이다. 그러니 사야 한다. 드디어 원하는 것이 내 손 위에 놓였을 때의 기쁨. 얼마나 근사한가. 그뿐인

가. 위안을 준다. 치유를 경험하기도 한다. 행복해지기까지 한다. 두려움과 결핍감이 없어지고 마음을 힘들게 했던 허기가 채워진다. 나도 갖고 있다는 자신감이 생긴다. 그렇게 물건은 마음을 치유한다. 달콤한 치유는 그렇게 이루어진다.

새 것, 좋은 것, 폼 나는 것이 널려 있는 시대다. 우리는 좋은 것을 얼마나 많이 가지고 있느냐가 인생을 살아가는 데 중요한 일이라고 강요당한다. 어느 곳을 가도 수많은 물건이 눈을 유혹한다. 눈만 유혹하는 게 아니다. 마음을 헤집어놓고 욕망을 자극해 깨운다. 깨우다 못해 미친 듯이 흔들어댄다. 세상 누구나 하나쯤은 좋은 것을, 최신 제품을, 폼 나는 것을 가지고 있다. 나도 하나쯤 있어야 한다. 누구나 있는데 나만 없다는 건 말이 되지 않는다. 남들도 다 있는데 나도 갖는다고 내가 잘못하는 것도 아니지 않은가. 욕망은 그렇게 상처를 잉태한다. 원하는 것을 소유할 수 있으면 그나마 다행이지만 소유가 불가능할 때 욕망은 순식간에 상처로 변한다.

제러미 리프킨은 그의 책《소유의 종말》에서 '나이키는 운동화를 파는 것이 아니라 그 운동화를 신으면 어떻게 보일까 하는 이미지를 파는 것'이라고 썼다. 자동차 광고에 이런 게 있었다. '요즘 어떻게 지내냐는 친구의 말에, ○○○(차 이름)로 대답했습니다.' 어떤 아파트는 이렇게 광고를 하기도 했다. '당신이 사는 곳이 당신을 말해줍니다.' 자동차도 아파트도 남에게 자랑하는 성공의 상징으로 사용한 것이다. '나 이 정도 되는 사람이야'라고 말하는 것과 같다. 그런 자동차나 아파트를 가지고 있으면 나의 계급이나 수준이 높아질 거라는 욕망을 파고들어 자극한다.

그런데 그 욕망은 다 채울 수 있는 것일까. 어느 순간이 되어야, 어느 정도의 물건을 소유해야, 욕망이 채워질까. 무엇을 얼마나 가져야 남의 시선에 대한 두려움이 없어질까. '자극 역치'라는 말이 있다. 어떤 자극에 반응을 일으키게 하려면 자극의 강도가 점점 커져야 하는 것을 말한다. 욕망 역시 마찬가지다. 욕망은 더 큰 욕망을 자극하고 자극의 강도는 점점 더 커져간다. 내가 무엇을 가지고 있느냐가 나를 말해준다고 생각하지만 정말 그럴까. 소유하고 있는 물건이 아닌 나 자신으로 나를 말할 수는 없는 걸까.

풍요를 강요하는 난치병

"SUV를 신분의 상징으로 생각하는 사람들이 많습니다. 그러니 그 사람들은 이런 차를 굴리기 위해 들이는 돈은 아까워하지 않아요." (…) "다른 차를 내려다보면서 여유 있는 미소를 지을 수 있어서 좋아요. 내가 강한 사람 같잖아요?"

—《어플루엔자》 중에서

어플루엔자(affluenza)는 '풍요롭다'는 뜻의 '어플루언트(affluent)'와 유행성 독감을 말하는 '인플루엔자(influenza)'를 섞어서 만든 합성어이다. 풍요를 추구하다 걸리는 현대의 불치병을 그렇게 부른다. 풍요란 '흠뻑 많아서 넉넉함'이다. 많고 넉넉하려면 소유가 많아져야 한다. 없으면 불편하고 있으면 편하고 폼 나기 마련이다. 문제는 많고 넉넉하게 채우기가 쉽지 않다는 것이다. 결국 원하는 대로 소유하지 못하는 현실은 고통을 불러온다. 원하는 만큼의 소유를 채우고 싶다면 그만큼 돈을 더 벌어야 한다. 아니면 적지 않은 빚과 그에 따른 걱정을 감수해야 한다. 행복하려고 기쁨을 누리려고 소유를 늘리지만 그만큼의 근심·걱정도 따라오는 건 어쩔 수 없는 일이다. 그래도 사람들은 어플루엔자 바이러스에 감염되기를 마다하지 않는다. 미친 듯이 경주에 뛰어든다. 욕망은 항상 이성을 이기게 되어 있다.

구식 브라운관 텔레비전, 이십 년이 넘은 벽걸이 에어컨과 컴퓨터 책상, 주변에서 얻어 온 책장들. 우리 집의 곳곳에 자리하고 있는 것들이다. 의도적으로 오래된 물건들을 사용하는 건 아니다. 불편하지 않고 그만하면 쓸 만해서 그대로 쓰다 보니 그렇게 됐을 뿐이다. 그런 내가 어플루엔자 바이러스와 관련이 없을 것 같지만 꼭 그렇지도 않다. 무언가를 소유하고 싶은 욕망은 누구나 마찬가지이다.

새 것에 대한, 좋은 물건들에 대한 욕망이 없다고 한다면 그건 거짓말일 것이다. 새 것은 마음을 흔들어놓는다. 어린 시절 새 운동화를 사고 다음 날 그 운동화를 신을 생각에 밤잠을 설친 기억은 누구나 있다. 그게 솔직한 본성이다. 최신 제품을 사면 흐뭇하다. 남보다 앞서서 걷는 것처럼 생각된다. 좋은 새 옷을 사면 기분이 좋다. 입고 나가면 시선이 쏟아질 것 같다. 집에 새 물건을 들여놓으면 기쁘다. 집이 새로워진 것 같고 사는 재미가 솟구쳐 오른다. 새 것이 주는 기쁨은 그렇게 크다. 무언가 자신의 소유가 생겼을 때 기분 나빠하는 사람은 없다. 소유의 욕망이 충족되면 기쁜 게 사람이다.

더군다나 어떤 옷을 입고 어떤 것을 지니고 있는가 하는 것으로 사람을 판단하는 한국 사회에서 새 것과 좋은 것과 많은 것을 지니지 못한다는 건 견디기 어려운 일이다. 끌고 다니는 차가 무엇인지 아파트는 몇 평에 사는지가 공동의 관심사가 된 지 오래이다. 예전에는 옆집이나 주변 사람을 돌아보는 것으로 그쳤지만 이제는 텔레비전 드라마나 영화의 주인공과도 비교를 해야 한다. 욕망의 폭은 상상보다 훨씬 빠르게 커진다. 무엇을 가지고 있는지 무엇을 못 가지고 있는지를 생각하게 하고 소유를 부추기는, 이 이상한 자본주의는 욕망을 끝없이 자극한다. 욕망은 그렇게 사람을 쥐고 휘두른다.

남들이 가지고 있는 것은 나도 가지고 싶다. 좋은 차, 넓은 집, 새 핸드폰, 최신 노트북…. 무언가를 가질 수 없어서 불만이 생기고 화가 난다. 삶의 가치는 소유하고 있는 물건이 결정해주는 것 같다. 그렇게 삶은 사정없이 소유에 끌려다닌다. 차를 사서 몇 년이 지나면 차가 오래되어 타기 힘들다고 말들 하지만 그게 정말일까. 십 년이 되고 이십 년이 되어도 끄떡없이 굴러다니는 차들이 많다. 그건 욕망일 뿐이다. 새 차를 가지고 싶어서이던지, 누가 새 차를 산 것을 보고 그런 것을 가지고 있지 못한 자신에게 화가 난 것이다. 그래서 새 차를 사지만 기쁨은 순간에 지나가

버린다. 소유로 기쁨을 계속 만들어내는 건 불가능한 일이라는 걸 알게
될 뿐이다.

"필요하지 않으면
부럽지 않다"

브라운관 텔레비전을 그냥 쓰는
건, 구닥다리 에어컨을 여태 쓰는 건, 이십 년 넘은 책상을 그냥 가지고
있는 건, 책장을 얻어서 갖다놓은 건, 그 물건들이 좋아서가 아니다. 그걸
로 충분하기 때문이다. 사용하기에 부족하지 않고 필요한 만큼 충분하기
때문이다. 의외로 필요한 것은 많지 않다. 지금 있는 것으로도 크게 부족
하지는 않다. 욕망과 두려움과 허기의 시선으로는 온통 모자라게 보이겠
지만 실제로 부족한 건 물건이 아니라 생각이다. 자기의 생각이 없으면
물건에 끌려다녀야 한다. 최신 제품이나 좋은 제품이 없다고 삶이 가치
가 없는 게 아니다. 그렇게 생각하니까 가치 없는 삶이 된다. 물건은 내
가 써야 하는 것인데 거꾸로 물건이 나를 쓴다.

언젠가 스마트폰이 필요한 시기가 오면 사용할 것이다. 아니면 일반
핸드폰을 구입할 수 없어서 스마트폰을 써야 할지도 모른다. 선택의 폭을
없애버리고 소비를 강요하는 게 요즘의 시장자본주의이니 말이다. 그러
나 그때까지는 일반 핸드폰을 쓸 생각이다. 사면 쓸 일이 생긴다지만 그
렇게 필요를 만들어내고 싶지는 않다. 그것은 욕망일 뿐이기 때문이다.

단지 소유하는 것을 목적으로 삼고 싶지 않다. 소유에서 존재의 의미를 찾고 싶지 않다. '나는 소유한다, 고로 나는 존재한다'고 많은 사람들이 외친다. 그 외침의 대열에 동참하고 싶어 한다. 나는 그렇게 외칠 자신이 없다. 많은 것을 소유할 여력이 없고 그렇게 외치고 싶지도 않다. 내가 갖고 있는 것이 나를 말해준다고 생각하지 않는다. 사람은 자기의 모습으로 보이고 말해져야 한다.

"필요하지 않으면 부럽지 않아." 언젠가 친구에게 그렇게 말을 한 적이 있다. 그 말을 할 때는 진정이었지만 항상 그렇기는 참 힘들다. 부러운 것들이 자꾸 생기니 말이다. 그래도 소유를 경쟁하지 않을 것이다. 좋은 것을, 많이, 소유하려 애쓰지 않으려 한다. 필요한 만큼 갖고 있으면 되고 살아가기에 그 정도면 충분하다. 욕망하는 모든 것을 소유할 수도 없지만, 가지고 있는 것만으로도 부족하지 않다는 걸 이제 조금은 안다.

아버지의
밥

당신들의 일생에서 겪었던 모든 수고와 노력이, 모든 행복과 따스함이 결국은 살아 있기 위한 것이었음을, 살아 있는 과정 속의 쌀과 땔감이었고 기름과 소금이었으며, 살다가 병들고 늙고 죽는 것이었음을 깨닫게 되었다. 쌀과 땔감, 기름과 소금을 위한 온갖 고생과 즐거움, 생로와 병사 속에서 몸부림친 고통이었음을 알게 되었다.

—《나와 아버지》 중에서

뜨거운 여름날이었다. 사정없이 햇볕이 내리쬐고 어디선가 틀어놓은 라디오에서는 기온이 삼십육 도를 넘었다는 소리가 겨우 알아들을 수 있는 크기로 들려왔다. 땀에 젖은 윗옷을 벗어 도랑물에 적셔 입어도 얼마 지나지 않아 말라버린다. 쏟아지는 햇볕을 온몸으로 받으며 논에서 일을 하는 그 순간에는 해가 존재한다는 게 원망스럽기까지 하다. 즐거이 일을 하고 싶어 할 리 없는 중학생이 뜨거운 뙤약볕 속에서 일을 하려니 입이 툭 튀어나온다. 농사일이 많은 계절에는 일요일마다 아버지에게 끌려서 논으로 가야 하니 일요일이 반갑지 않다. 도대체 일이 언제 끝날지 돌아보지만 아버지는 아무런 말이 없다.

오전에 시작한 농사일을 끝내고 점심때를 넘겨 집으로 돌아오면 펌프 물을 끌어 올려 등목을 한다. 척척하게 젖은 옷을 벗고 찬물을 등에 끼얹으면 짜릿하고 선뜻하다. 기분이 좋으면서 정신이 번쩍 드는 차가움이다. 마루에 차려진 점심 밥상은 거의 변함이 없다. 밥과 김치 그리고 오이지와 풋고추가 작고 둥근 양은 밥상 위에 놓여 있다. 한쪽에 있는 대접에는 펌프에서 퍼올린 찬물이 자리를 잡았다. 마루에 앉은 아버지는 찬물이 담긴 대접을 끌어와 고추장을 한 숟가락 넣어 푼다. 고추장이 물을 빨갛게 물들이면 이번에는 밥을 뚝뚝 떠 넣어서 만다. 그게 한여름 아버지의 밥이었다. '여름에는 별거 없다. 이렇게 먹는 거야.' 그러고는 말 없이 밥을 떠서 입으로 옮긴다.

몇 번을 따라서 그렇게 먹어봤지만 이해가 안됐다. 여름엔 왜 그렇게 먹어야 한다는 것인지 알 수가 없었다. 기억으로는 한 번쯤 물어본 것 같기도 하다. '여름에는 왜 그렇게 먹어야 하는데요?' 그렇게 물어봤겠지. 물론 대답은 없었다. 대답은 않고 아버지는 찬물에 고추장을 풀고 밥을 말아 천천히 들고 상을 떠나셨다. 내 짧은 질문에는 여러 의미가 담겨 있었다. 진짜 궁금해서 물어본 게 아니라 아버지에 대한 작은 보복이었다. 우선은 놀고 싶은 일요일에 그 뜨거운 햇볕으로 끌고 나가 일을 시킨 것에 대한 원망이다. 말이 부드럽고 고왔을 리 없다. 아마 툴툴거리는 말투였겠지. 또 하나는 먹을 게 없어서 그런 것 아니냐는 항의에 가까운 마음을 담은 것이었다. 질문의 앞뒤에 괄호를 치고 덧붙인다면 '솔직히 말을 해야지 무슨 소리냐. 왜 그런 거짓말을 하느냐. 먹을 게 없어서 그런 게 아니냐'라는 말이 귀에는 들리지 않는 묵음으로 담겨 있었다.

여름철에 날마다는 아니었지만 드물지 않게 아버지는 그렇게 밥을 드셨다. 그 '아버지의 밥'이 힘든 일을 한 다음에 진짜 효험이 있는 것 아닐까 하는 마음에 몇 번을 따라해봤다. 고추장을 많이 풀면 그냥 매운맛이고 고추장을 적게 풀면 밍밍해서 아무 맛도 없는 그 밥에서 한 번도 어떤 특정한 맛을 느끼지 못했다. 맛이 있고 없고가 아니라 아무런 맛 자체가 없었다. 그저 편하게 시원하게 간단하게 한 끼를 먹는다는 것 외에는 아무것도 없는 그런 밥이었다.

한평생 노동에도
풍성한 적 없던 밥상

땀이 온몸을 적시는 한여름이 되면 지금도 가끔 아버지의 밥을 떠올린다. 그때 아버지의 마음은 무엇이었을까. 진짜 그 밥이 맛이 있었던 것일까. 진짜 한여름 기력을 회복하는 데 좋다고 생각했던 것일까. 아니면 또 일을 하려면 형편없는 밥상에서 그렇게라도 한 끼를 채워 먹어야 했던 것일까. 수수께끼 같은 그 밥의 의미는 아직도 풀지 못하고 있다. 어른이 되고 많은 것을 알게 된 지금도 알지를 못한다. 여름엔 왜 그렇게 먹는다는 것인지.

지금은 먹을 게 넘치는 시대이다. 밥상에 먹을 게 없다고 말할 때는 진짜 먹을 것 자체가 없다는 말이 아니라 입에 맞는 또는 맛있는 게 없다는 의미이다. 억지로라도 먹을 걸 입속으로 밀어 넣고 배고픔을 잊어야 하는 시대는 추억 속에서만 혹은 다큐멘터리의 화면 속에서만 존재한다. 살기 위해 억지로라도 먹는 게 아니라 몸에 지나치게 살이 찌는 게 두려워 억지로라도 먹지 않으려고 애를 쓰는 게 요즘의 세태이다. 얼마나 더 먹어야 하느냐가 아니라 얼마나 덜 먹어야 하느냐를 고민하는 시대에 김치와 오이지가 전부였던 밥상은 상상조차 불가능하다.

아버지는 이런 세상을 살아보지 못했다. 상다리가 휘어진다는 표현은 옛날에도 있었지만 내가 기억하는 한 진짜 상다리가 휘어질 만큼 차려진 밥상을 아버지는 한 번도 받아보지 못했다. 상다리가 휘어지는 건 고사하고 풍성한 밥상조차 거의 기억 속에 없다. 돈이 있고 없고를 떠나 먹을 것 자체가 귀하지 않은 요즘과 달리 그때는 돈이 있어도 먹을 게 그렇게 풍성한 시대가 아니었다. 게다가 돈이라고는 구경하기 힘든 살림이었으니 날마다 먹는 밥상이 어떠했을까는 짐작에서 한 치도 벗어나지 않는 모습 그대로였다.

아버지는 한평생 밥을 벌어야 했지만 기름진 밥은 마주하지 못했다. 그때와 지금은 밥상을 보는 관점부터 다르겠지만 지금의 관점으로 본다면 제대로 된 밥상이 아니었다. 한여름에는 고추장 풀어놓은 물에 뚝뚝 떠서 말은 밥이, 한겨울에는 김장김치에 된장국을 끓여 먹는 밥이 밥벌이의 노동으로 허용받은 밥이었다. 그래서 그 옛날 '아버지의 밥'은 잊히지 않는다.

아버지가 되고서야 깨달은
아버지의 인생

가난한 집의 먹을 것 없는 밥상으로만 기억 속에 남아 있던 밥상은 시간이 지나며 새로운 의미로 자꾸 모습을 바꿨다. 일하기 싫었고 볼품없는 밥상에 불이 메던 중학생도 나이가 들어 결혼을 하고 아버지가 되었다. 그리고 아버지가 되어 밥을 벌기 시작하면서 그 밥의 의미는 달라졌다. 단순히 먹을 게 없던 밥상이 아니라 그 위에 함께 놓여 있었을 노동의 고통과 땀을 생각하게 했다. 그 고통과 땀은 어린 눈에는 전혀 보이지 않는 것들이었지만 아버지의 눈에는 선하게 보이는 것들이었으리라. 그래서 그 밥은 더 먹기 힘들었으리라.

아무리 고된 노동을 해도 그 이상의 밥이 나오지 않는다는, 넘지 못할 절망감이 물에 고추장을 풀고 밥을 말아야 겨우 목으로 삼킬 수 있게 만든 것은 아니었을까. 그래서 당시에 밥이었던 그것은 지금은 상처로 모습을 바꾼다. 아버지는 더 풍성하게 차리지 못한 밥이 상처가 되었을 것이고 아들은 그 상처를 알아차리지 못한 것이 뒤늦게 상처로 남는다.

전혀 느끼지 못했던 아버지의 노동은 나의 노동이 시작되고야 느낄 수 있었다. 그것도 나의 노동이 시작되고 한참을 지나서야 그 무게가 다가왔다. 가난한 농부의 노동보다는 상대적으로 훨씬 편하고 수월한 나의 노동은 아버지가 짊어졌던 짐의 무게를 느끼지 못하게 했다. 봄이고 여름이고 가을이고 어린 아들에게도 농사일을 시키던 그 노동이 얼마나 힘들었을까. 나의 노동이 피곤해질수록 아버지의 노동은 더 크게 다가왔다. 나의 노동이 더 힘들고 더 서러워질수록 아버지가 짊어져야 했을 무게가 절절히 느껴졌다.

아버지는 평생 밥을 위한 노동을 했고 이제는 아들이 그런 노동을 한다. 내가 벌어서 차려놓은 밥상은 아이에게 어떻게 기억될까. 먹을 게 없는 것도 아닌 그렇다고 먹을 게 넘쳐나지도 않는 딱 그 정도의 밥상이 나의 노동으로 차릴 수 있는 밥상이다. 특별한 느낌이 없는 밥상이니 아이는 특별한 기억도 없으리라. 텅 비어 있던 밥상 덕분에 나는 특별하고 아련하고 애틋한 기억을 갖게 되었다. 즐겁지 않은 기억일 수 있지만 지금은 꼭 그렇지도 않다. 추억은, 지나간 시간은, 아련하고 그리우니까.

밥은 아픔이며 힘이다

어느 날 불현듯 쓰러진 아버지는 병석에 누워서야 밥을 위한 노동에서 떠날 수 있었다. 만약에 쓰러지지 않았다면 그 노동에서 언제 벗어났을지 모를 일이다. 밥을 위한 노동은 그렇게 질기고 모질다.

먹을 것이 넘쳐나는 세상이라지만 나는 아직도 밥에 대한 좋고 싫음을 따지지 않는다. 밥이 거칠어도 싫지 않고 반찬이 없어도 먹을 게 없다는 생각이 별로 들지 않는다. 한 끼의 밥이 고맙고, 배고프지 않게 한 끼를 먹으면 그것으로 만족스럽다. 누구는 가난할 때 못 먹어서 음식에 대한 집착이 크다는데 나는 반대로 먹는 것에 대한 집착이 생기지 않는다. 맛있는 것을 일부러 찾아다니는 일도 거의 없고 무엇을 먹고 싶다는 생각도 거의 들지 않는다. 내 앞에 밥이 있으면 그 밥이 고맙다. 맛있고 좋은 음식이라면 더 고맙고 거칠고 맛없는 음식이어도 그걸로 족하다.

밥상은 달라졌지만 어린 시절 아들로 먹던 밥을 이제는 아버지가 되어 오늘도 변함없이 먹는다. 그때는 아버지와 내가 먹던 밥상에서 지금은 나와 내 아이가 먹는다. 내가 가끔씩 '아버지의 밥'을 떠올리며 먹는 식탁을, 내 아이는 훗날 '아버지의 밥'으로 떠올리게 되리라. 나는 오늘도 내일도 아버지의 밥을 먹는다. 아버지의 밥은 세상의 아버지들이 살아가는 아픔이고 살아가게 하는 힘이다. 그 힘으로 또 하루를 산다.

가고 싶은 길,
가지 못한 길

카미노 데 산티아고. 프랑스 생 장 피에 드 포르에서 시작해 스페인 산
티아고까지 걷는 800킬로미터의 길. 예수의 열두 제자 중 한 사람인 야
고보의 무덤이 산티아고에 있어서 '성 야고보의 길'이라 불리고 '치유의
길'이라고도 불린다. 프랑스에서 걷기 시작해 피레네 산맥을 넘는 중이
다. 어제는 순례자 숙소인 알베르게에서 잤다. 아침은 샌드위치로 대충
먹고 일찍부터 걸음을 재촉하고 있다. 함께 알베르게를 나선 독일인 친
구는 걸음을 빨리하더니 나중에 보자는 인사를 남기고 앞서 나갔다. 하
루를 같이 걸었는데 도움을 많이 받았다. 또 만날 수 있으리라. 산길이라
힘은 들지만 피레네 산맥의 멋진 경관은 충분한 보상이 된다. 산을 넘으
면 평탄한 길이 있겠지. 이렇게 한 달을 걸어 산티아고에 도착할 계획이
다. 그다음은? 모른다. 내딛는 발길에만 집중한다. 피레네 산맥의 풍경은
정말 멋지다. 피레네 속으로 정신없이 빠져 든다….

　　눈을 떴다. 사무실이다. 점심을 먹고 의자에서 한참을 졸았더니 눈
이 제대로 떠지지 않는다. 비몽사몽이다. 어제 못 먹는 술을 한잔하느라
늦게 자는 바람에 아침부터 졸음이 쏟아졌다. 창문가로 가서 밖을 내다
보니 도로가 막히는지 거리엔 벽돌을 쌓아놓은 것처럼 차들이 빼곡하다.
빵빵거리는 소리가 여기저기서 요란하다. 도로 양쪽 길거리에는 오가는

사람들이 분주히 걷는다. 거의 뛰듯이 걷는 사람도 있다. 숨이 막힌다. 저 속에서 살고 있다 생각하니 한숨이 나온다. 화장실에서 졸린 눈에 찬물을 뿌리고 자리에 돌아와 앉는다. 일을 해야지. 어제처럼 그제처럼, 오늘도, 내일도 그리고 언제까지일지 모르지만 앞으로의 그 어느 날도.

어쨌든 오늘도
사무실에 앉아서

　　　　　　　　　　카미노 길은 유혹이었다. 그만한 유혹이 어디 또 있으랴. 생각대로였다면 카미노 길 위에 서 있어야 했다. 그 길 위에서 시답잖은 몇 꼭지의 글도 썼으리라. 연애편지처럼 유치하든, 인생 어쩌고 하면서 진지하든, 코엘료처럼 삶을 바꿀 생각을 적어놓든. 카미노 길을 꿈꾸었지만 나는 지금 카미노를 걷는 게 아니라 서울 도심의 사무실에 엉덩이가 아프도록 앉아 있다. 그건 꼭 이루고 싶은 꿈이었다. 남들이 찍어 인터넷에 올린 사진에 홀리고, 지도를 보며 곳곳을 걷는 상상을 하고, 신문이나 책에 글자로 찍혀 나온 카미노 길에 흥분하곤 했다. 급기야는 사진을 보며 욕도 했다. 저놈은 무슨 복이 많아서. 저놈은 무슨 용기로 회사 때려치우고 저기를. 내가 하지 못한 일을 해낸 그들은 부러움이면서 질투의 대상이었다.

　이런저런 갈등으로 머릿속이 혼란스러울 때, 속을 긁어내듯 보이지 않는 마찰이 안으로 밖으로 끓어 넘칠 때, 회사를 그만두고 싶었다. 하긴 회사를 다니고 싶은 날이 몇 날이나 되랴. 한참을 카미노에 빠져 있던 어느 날인가, 회사를 그만두어야겠다고 생각했다. 이렇게 힘들어하며 다니고 싶지 않았다. 비장한 표정으로 아내에게 사표를 내겠다고 했다. 그만두고 카미노를 가겠다고 했다. 뜻밖에도 선선히 그러라고 한다. 이게 웬 떡이냐. 그런데 한마디 더. 어차피 그만둘 거 월말까지 다니고 깔끔하게 마무리하란다. 그러지 뭐. 그것도 좋은 생각이군. 보름 정도 지나 월말이 되니 마음이 가라앉고 다른 생각이 들었다. 어떻게 먹고살지? 애는 어떻게 키우지? 이제 빈곤층이 되는 건가? 사표는커녕 찍 소리 없이 그냥 다녔다. 아내에게 당한 것 아닐까 하는 생각이 한참 지나서야 들었다. 그때 그만두었으면 카미노를 갔을지, 치유의 길이라는 그 길을 걸으면서 삶을 바꿀 계기를 마련했을지 잘 모르겠다. 어쨌든 아직까지 사무실에 꼼짝 못하고 앉아 있다.

매일매일의
백일몽

제주에서 조그만 게스트하우스 하면서 살까? 서울에서 사는 건 고급스러운 인생이고 제주에서 게스트하우스 하면서 사는 건 초라한 인생이고 그런 것도 아니잖아. 오히려 서울에서 복잡하고 힘들게 사는 게 더 불쌍한 거잖아. 부자로 사는 것도 아닌데. 그것도 그러네. 책 보니까 적게 벌고 버는 대로 맞춰서 먹고살면 어

렵지 않다는데. 풍경도 좋고 마음도 편해진다는데. 상상만으로도 우리
벌써 제주에 살고 있는 거 같지 않아? 가자.

서울서 멀리 떨어진 시골에 말이지, 폐가를 하나 사는 거야. 대충 살
만하게 수리를 하고 한 오십 평쯤 텃밭에 푸성귀 심고. 먹는 건 그걸로
대충 해결할 수 있을 거 같아. 그럼 식비 별로 안 들잖아. 쌀값이야 얼마
나 들겠어, 밥을 얼마나 먹는다고. 연봉 이천만 원, 애가 있으니까 삼천
만 원 정도 벌면 그럭저럭 살지 않겠어? 인생 뭐 있다고 이렇게 헉헉대
며 살아. 한 번쯤은 색다르게 살아봐야지. 그런데 돈은 뭐해서 벌지? 그
러게, 그게 쉽지 않겠네. 아이 학교는 또 어떻게 하고.

유럽에 가자고. 사람들이 찾지 않는 특이한 곳을 찾아다니며 감성 넘
치는 여행기를 쓰면 어떨까. 문화적 욕구와 여행기에 감성을 섞어 여행
책을 내면 팔리지 않을까? 책 제법 팔리면 그 돈으로 다시 유럽을 가는
거지. 또 쓰고 히트작이 되는 거지. 그렇게 여행 작가로 사는 거야. 요즘
책 읽는 사람 봤어? 서점 가면 여행 책 산더미처럼 쌓였다니까. 여행 책
이 팔려? 팔릴 만큼 쓸 수는 있어? 말이 돼? 그러네. 그것도 참 어렵겠네.

아마, 그랬으리라. 생각대로였다면 도시를 떠나고 직장을 떠났으리
라. 절대 사랑의 감정이 생기지 않는 도시를 떠났을 것이고, 오랜 시간을
다녀도 적응이 어려운 회사라는 곳을 떠났으리라. 시골에 살고 있거나,
지방 중소도시로 갔거나, 제주에 살거나, 프리랜서로 자유롭게 백수처럼
살고 있었으리라.

모든 상상은 가정법으로 끝나고 만다. 가지 못한 길이고 숨어서 엿

보기만 하고 뭉게구름처럼 상상만 피워 올린 길. 그러나 가보고 싶은 길. 그래도 가지 못할 길. 현실에 대한 두려움은 눈앞의 현실을 이기지 못한다. 분연히 일어선다 해도 결국은 주저앉고 만다. 용기는 크기가 작고 생활은 크기가 가장 크니 상대가 되지 못한다. 가보고 싶은 길은 머릿속에서만 펼치는 상상의 삶이다. 현실은 사무실에 엉덩이를 꽉 붙이고, 보기 싫은 사람도 봐야 하고, 웃기 싫어도 웃어야 하고, 웃고 싶어도 웃지 않아야 하고, 이게 아니잖아 하고 싶지만 네, 맞습니다 해야 하고.

곰스크행 기차는 늘 출발하지만 올라타지 못한다

그런데 나만 그러랴. 누군들 그렇지 않으랴. 어느 누가 그렇지 않다는 말인가. 그나마 다행이라고 해야 하나. 살고 싶은 대로 살아가는 사람이 얼마나 될까. 어느 누가 가보고 싶은 길을 모두 가볼 수 있을까. 그림을 그리고 싶다던 친구는 공장을 열고 열심히 기계를 돌린다. 아이들을 가르치고 싶어 하던 친구는 영업 실적 쌓느라 스트레스로 날을 샌다. 돈을 많이 벌겠다던 친구는 아이들을 가르치고 있다. 그립지 않을까. 그 길이. 한 번쯤 가보고 싶지 않을까. 그 길을. 가끔씩 가슴속 이야기를 꺼내는 걸 보면 시간이 흘렀어도 안타까움은 여전한가 보다. 누구나 가지 못한 길이 있고 그 길은 항상 그리워지기 마련이다. 꿈꾸었지만 가보지 못한 삶이므로. 결국 가지 못할 것임을 알고 있으므로.

결혼하기 전의 일이다. 인기 있는 드라마를 보고 있었다. 퇴근을 한 남자 주인공이 옷을 벗다 말고 아내에게 말한다. 오늘 사표 냈어요. 사내의 아내는 잠깐 멈칫하더니 아무렇지도 않게 말한다. 잘했어요, 그동안 고생했으니 좀 쉬세요. 드라마 속의 일이 현실에서도 똑같을 거라고 생각했다. 그런 거구나. 이해도 쉽게 해주고 다독여주는구나. 착각도 그런 어리석은 착각이 있나. 드라마 속 이야기는 현실에서는 있을 수 없는 일이라는 걸 결혼하고서야 알았다.

사는 건 다 그렇게 보였다. 실제 그렇기도 했다. 그래서 나 역시 그런가 보다 생각했다. 만용 한번 부려보지 못하고 엉거주춤 서 있는 내 모습에 화가 나기는 한다. 그러다 별다르지 않게 살아가는 남들을 보면 용서가 되곤 했다. '그래 괜찮아. 열심히 살고 있어. 잘 살고 있는지는 모르겠지만 그런 거 같아. 다 비슷하게 사는 거지. 선택하는 게 있으면 버리는 것도 있는 거지. 모든 걸 선택할 행운이 모두에게 오지는 않잖아. 그런 놈이 오히려 비정상이지. 지금 정상이야. 아주 정상적이야. 만족스럽지 않지만 어쨌든 정상이야…'

> 그것이 당신이 원한 것이지요. 당신이 그것을 원하지 않았다면, 기차가 이곳에서 정차했던 바로 그때 당신은 내리지도 않았을 것이고 기차를 놓치지도 않았을 거예요. 그 모든 순간마다 당신은 당신의 운명을 선택한 것이지요.
> ─《곰스크로 가는 기차》중에서

곰스크라는, 어딘지도 모르는 도시에서 자신의 삶이 새로이 시작될 것이라고 믿는 사내가 있다. 그에게 곰스크는 목표이고 운명이었다. 지금의 삶은 곰스크로 가기 위해 잠시 머무는 것일 뿐이었다. 그러나 그는 곰스크에 가지 못한다. 곰스크로 가는 기차에서 잠시 내린 그는 아내와 아이들과 작은 정원이 딸린 조그만 집을 얻는다. 그리고 그 작은 마을에 정착을 한다. 현재의 안정된 삶에 만족해가면서도 그는 멀리서 곰스크행 기차가 달리는 소리를 들으면 마음이 쓸쓸해진다. 그리고 말없이 다락방으로 올라가 가슴앓이를 한다.

그는 진정으로 곰스크를 그리워했지만 자신의 자리에 머물렀다. 그가 곰스크에 갔다면 행복했을까? 자신이 그렇게 원하던 새로운 삶이 시작되었을까? 우리는 마음속에 한두 곳의 곰스크를 지니고 산다. 가고 싶지만, 가려고 하지만, 가지 못하는 우리들의 곰스크. 그곳에 가면 정말 행복할 것 같지만 진짜 그럴지는 이 순간 이 자리에서는 알 수 없는 일이다. 가지 못할 것을 알면서도 기적 소리가 들리면, 누군가 그 기차를 탔다는 소리를 들으면 긴 한숨을 쉰다.

마음대로 할 수 있었다면 유럽의 골목을 떠돌았으리라. 책도 한두 권 썼을 것이고 그 책은 히트작이 되었으리라. 그 돈으로 밥 먹고 아이 키우고 또 여행을 갔으리라. 반바지에 샌들을 신고 제주도의 허름한 집에서 바다를 보며 졸고 있었으리라. 게스트하우스 손님과 내가 떠나온 뭍 이야기를 하며 하루를 보냈으리라. 강화도쯤에 자리를 잡고 어렵사리 살림을 꾸려갔으리라. 여태까지와는 다른 일을 해보며 그럭저럭 살아갔으리라. 사람들에게 진정한 도움을 주는 사회적 기업을 열었으리라. 공동체처럼 지내고 땀 흘리며 평화롭게 새로운 공간을 일구어갔으리라. 아마, 그랬으리라….

그렇게 시간은 흐르고 삶도 흐른다. 곰스크로 가는 기차는 언제나 출발하지만 올라타지 못한다. 아쉽기는 하지만, 가슴이 아프지만, 한번은 살아보고 싶은 삶을 살지 못하는 사람이 어디 한둘일까. 마음을 달랜다. 삶은 아직 끝나지 않았다고. 아직 살아 있으니 기회는 있을 것이라고. 오늘밤 꿈에는 유럽 거리가 찾아오지 않을는지. 아니면 제주도 바다가 찾아올지도 모르겠다. 어떤 게 찾아오든 그 풍경을 보며 이렇게 혼잣말을 하겠지. 너희와 함께할 수 있었을 텐데. 용기가 더 있었더라면… 아마, 그랬을 텐데.

인생 최고의 날,
기다리지 않는다

가장 훌륭한 시는 아직 씌어지지 않았다 / 가장 아름다운 노래는 아직
불려지지 않았다 / 최고의 날들은 아직 살지 않은 날들 / 가장 넓은 바
다는 아직 항해되지 않았고 / 가장 먼 여행은 아직 끝나지 않았다

— 〈진정한 여행〉

시는 어렵다. 짧은 문장에 수많은 의미를 담아내는 시를 이해하는 건 쉽
지 않다. 시는 어려워도 가슴에 들어오는 한 줄의 시 구절은 큰 위안을
주고 용기를 준다. 터키 시인 나짐 히크메트의 시 〈진정한 여행〉 역시 그
렇다. 기쁘다. 힘이 된다. 없는 힘도 생기는 것 같다. 내가 비록 별 볼일
없이 살아오긴 했다. 그러나 아직 살아갈 날들이 많다. 나는 최고의 날을
아직 살아보지 못했지만 실망하기는 이르다. 시인의 말에 의하면 최고의
날은 아직 살지 않은 날들이고 나는 그 날들을 기다리고 있다. 분명 최고
의 날이 올 것이다.

　내 인생 최고의 날이 아직 오지 않았다는 말은 얼마나 기분 좋은가.
나도 그렇게 생각한다. '이렇게 끝나기야 하겠어? 그런 날이 올 거야'라
고 때때로 되새기며 주먹을 불끈 쥐기도 하고 스스로 위로하기도 한다.
노랫말처럼 흥얼거리기도 한다. 최고의 날은 아직 살지 않은 날들이라

고. 기분이 좋다. 내 인생 최고의 날은 언젠가 올 테니까.

그 기분 좋은 말, 더 이상 믿지 않는다. 그다지 믿음이 가지 않는다. 지금까지 살아온 많은 날들 중에서 최고의 날이라고 부를 만한 날은 기억에 없다. 여태껏 그런 날이 없었는데 언젠가 올까? 아직 오지 않았으니 앞으로 올까?

믿는다, 내가 쓸 가장 훌륭한 시는 아직 쓰이지 않았음을. 믿는다, 내가 부를 가장 훌륭한 노래는 아직 불리지 않았음을. 믿는다, 최고의 날은 아직 살지 않았음을. 그러나 말이다, 쓰이지 않은 시가 꼭 쓰일지는 모르겠다. 부르지 않은 가장 아름다운 노래가 언제 불릴지도 모르겠다. 살지 않은 최고의 날이 올지 안 올지 역시 잘 모르겠다. 실현되는 그 순간을 간절히 기대하고는 있으나 별로 자신은 없다. 그 순간이 오기를 바라지만 그날을 만들기 위해 땀 흘리고 애쓰지 않는 게 내 모습이다. 막연히 기다리기만 한다. 그래서, 믿지 않으려 한다. 최고의 날은 오지 않았다는 나의 다짐을, 최고의 날을 아직 살지 않았다는 시인의 말을 믿지 않으려 한다.

지금 이대로
좋은 순간들

초여름의 휴일 오후. 작은 공원에 돗자리를 편다. 몇 개의 빵과 몇 개의 과일. 커피 한 잔. 아내와 함께 앉는다. 날은 살짝 따갑고 나무 그늘이 덮인 돗자리는 시원하고 상쾌하다. 커피 한 모금을 마시고 눕는다. 눈 위로 푸른 나뭇잎이 가득하다. 좋다. 마치 허공에라도 떠 있는 듯하다.

이런 순간이 또 올까. 이렇게 아무 생각 없이 기분 좋은 순간이 또 올까 싶다. 다시 오지 않을 것 같다면 할 일은 하나다. 마음껏 즐기는 것. 내일 해야 할 일, 출근하면 벌어질 일, 다음 주에 있는 어떤 일들, 그런 것들이 머릿속으로 지나간다. 모르겠다. 알 바 아니다. 지금 그걸 생각할 필요는 없다. 지금 이대로 좋으니까. 잠시일지라도.

눈을 가득 채워오는 하늘은 파랗다. 한없이 맑다. 내일 서 하늘은 시커멓게 바뀌고 비가 쏟아질지 모른다. 그러나 비가 그친 뒤에는 다시 파래질 것이다. 상큼하고 푸른 나뭇잎은 가을이 되면 낙엽이 되어 누렇게 떨어져 내릴 것이다. 그러나 겨울이 지나면 다시 신록을 되찾고 푸르게 바뀐다. 그렇다. 맑은 날이 있으면 비 오는 날도 있고 낙엽이 질 때가 있으면 새싹이 돋는 때도 있다. 모든 생명의 삶은 크게 다르지 않고 사람 사는 모습도 마찬가지다. 사는 건 항상 먹구름 덮인 하늘처럼 답답하고 나뭇잎 모두 떨어진 겨울나무처럼 황량하다고 생각했다. 뭐가 어떻게 힘드냐고 누가 물어오면 정확히 꼬집어서 답을 하지도 못하면서 그냥 힘들다고만 했다. 진짜 그렇게 입에 달고 다닐 정도로 힘들게 살고 있는 걸까? 사는 건 미치도록 행복하지도 않고 못 견디게 불행하지도 않다. 항상 슬프기만 하고 고통스럽기만 한 인생은 없다. 일 년 내내 계속되는 장마가 없듯이. 장마가 깊어도 가끔씩 햇살을 드러내듯이.

봄이 와도
봄을 즐기지 못한다면

춘래불사춘(春來不似春). 봄은 왔지만 봄이 아니라고 너도나도 말한다. 춘래불사춘을 말하려면 왕소군 버금가는 정도의 불운은 있어야 한다. 서시, 초선, 양귀비와 함께 중국의 4대 미인에 꼽히는 왕소군은 전한시대 원제의 궁녀였다. 원제는 북쪽의 흉노족을 달래기 위해 후궁 중의 한 사람을 흉노왕에게 시집보낸다. 아무도 가려 하지 않았고 왕소군은 그 불운의 당사자가 되고 만다. 가장 아낌을 받아야 할 최고의 미인이면서 술수를 쓰지 못한 까닭에 맞은 불행이었다. 오랑캐 땅에 끌려간 왕소군을 두고 읊은 시에 춘래불사춘이 나온다. '오랑캐 땅인들 화초가 없으랴만 봄이 와도 봄 같지가 않구나.'

봄은 해마다 온다. 척박한 북쪽 오랑캐 땅에도 봄이 오지만 왕소군은 봄을 느낄 수가 없다. 자신이 겪고 있는 불행이 봄을 보지 못하게 만들고 있어서이다. 봄은 항상 온다. 그러나 봄이 오고 머물러도 보지 못하면 봄은 없다. 누가 봄을 가져다주지 않는다. 스스로 즐겨야 한다. 턱밑에 들이밀어 주어도 보지 않으려 한다면 봄은 없다. 누구는 겨울에도 봄을 즐기고 누구는 봄에도 겨울처럼 산다. 아무리 아름다운 꽃이 피어도 스스로 보지 않는다면 춘래불사춘이다. 인생에 봄날은 없다.

하늘 한번 올려다볼 여유가 없다고, 꽃 한번 제대로 볼 시간이 없다고들 말한다. 그렇지 않다. 하늘은, 꽃은, 늘 그 자리에 있었지만 한 번도 보려고 고개를 돌리지 않은 것이다. 이유도 없이 스마트폰에 미친 듯 고개를 처박고, 이유도 없이 뛰듯이 바쁘게 움직인다. 누구 가슴이 크더라, 누구 옷이 죽이더라 하며 모니터는 지치지도 않고 뚫어지게 쳐다본다. 그러면서 시간이 없다고 한다. 보려 하지 않는 것이고 마음이 없는 것이다. 고개를 돌려버린 순간에 봄날은 빠르게 지나간다. 봄날을 잃어버린다.

　최고의 순간은 어떤 걸까. 그건 얼마나 대단한 걸까. 길거리서 스치고 지나가는 평범한 우리네들이 그렇듯 삶은 그렇게 대단하지 않다. 최고의 순간도 그렇게 대단하지 않다. 따사로운 햇살 속 마음 편한 산책길, 한적한 카페에서의 커피, 저녁시간 부담 없는 한 캔의 맥주, 잠들기 전 이불 위의 편안함, 퇴근길 버스 안에서의 노곤한 졸음. 몸도 마음도 편안한 순간순간의 기쁨은 위로를 준다. 순간을 즐기고자 한다면 기쁨은 곳곳에 있다. 일상의 기쁨이고 일상의 선물이고 일상의 황홀이다. 최고의 순간은 어디에 있는지 모르지만, 손 뻗으면 닿는 소박한 황홀은 우리가 포기한 일상 속에 있다.

"이렇게 사는 것도 좋은 것 같아"

　　　　　나는 지금 아주 나쁘지 않다. 미치도록 행복하지도 않고 못 견디게 불행하지도 않다. 순간순간 기쁘기도 하고 순간순간 괴로운 비를 맞기도 한다. 최고의 날이 온다면 좋을 것이다. 그러나 그날이 오지 않는다고 한들 또 어떤가. 고통을 뿌리는 비가 올 때는 비를 맞는 수밖에 없다. 먹구름이 몰려오면 어두워지는 수밖에 없다. 피해가는 능력은 나에게 없으니까.

사랑이 달콤쌉싸름 하다지만 사랑만 그런 게 아니다. 사는 것도 달콤하면서 쓰다. 달콤한 씨줄이 굵은 선을 긋다가도 느닷없이 쓰디쓴 날줄이 더 굵은 선을 긋곤 한다. 그렇게 씨줄날줄이 엮여 삶은 흘러간다. 잠깐 찾아온 감질나는 달콤함을 탓할 일이 아니다. 왜 달콤함은 그것밖에 안 되느냐고 내던져버릴 일도 아니다. 어느 정도의 기쁨이 있어야 삶이 흡족할까. 인생 최고의 날이 온다면, 그날이 온다면 터져버릴 듯 기쁠지도 모르겠다. 그런데 그날이 어떤 날인지는 알고 계시는지. 최고의 날은 아직 살지 않았다면서 그날이 어떤 날인지는 모른다. 그날이 오면 아마 이렇게 말하게 되지 않을까. 누구세요?

> "이렇게 사는 것도 좋은 것 같아."
> "이렇게 사는 게 뭔데?"
> "그냥, 그냥 사는 거지. 맛있는 것 먹고 하루 종일 떠들다가 또 맛있는 거 먹고."
> "그러다 자고."
>
> ―《네가 잃어버린 것을 기억하라》 중에서

소설가 김영하는 마흔에 모든 것을 가진 사람이 되었다. 대학교수였고 유명 소설가였고 문학상도 받았고 방송 진행자였고 서울에 아파트도 있었다. 서점에는 그의 책들이 좋은 자리에 놓여 있었고 책은 꾸준히 팔려나갔다. 부족한 게 없는 시절이었다. 생활은 부족한 게 없었지만 생활과 삶은 달랐다. 살아가는 건 숨이 막혔다. 짊어지고 있는 짐이 무거워 견디기 힘들다고 느꼈을 때 그는 단단하게 발 붙여 살고 있는 곳을 떠난다. 발을 떼려고 보니 얼마나 단단하고 깊게 박혀 있는지 당혹스러울 정도였다.

목적지인 캐나다로 가는 여정 속에 비어 있는 두 달 반의 시간. 그 시간 동안 머물기로 택한 곳은 시칠리아였다. 따사로운 햇볕과 유쾌하고 친절한 사람들. 거대한 유적들과 파랗고 잔잔한 지중해. 신선한 와인과 맛있는 파스타. 느긋하고 여유로운 삶. 그것을 찾아 그는 시칠리아로 갔다.

삶에서 삶을 배우는 건 언제 어느 시대에나 같다. 남을 보고 자신의 삶을 돌아본다. 길지 않은 시간을 시칠리아에 머물며 그는 자신이 살아온 것과 다른 삶을 본다. 힘들고 무거운 자신의 삶터를 떠나 다른 곳으로 발을 옮긴 그는 꽤 가벼워진 것처럼 보인다. 그곳에는 서울과 많이 다른 모습의 삶이 있었다. 그는 서울에서 삶을 이어가느라 잃어버린 것들을 멀고 먼 시칠리아에서 깨닫는다. 모든 것을 갖고 있었기에 오히려 잃어버린 것들을 비로소 보게 된다.

인생 최고의 날을 목 빠지게 기다리다 그 속에 묻혀버린 기쁨들을 잃어버릴까 두렵다. 잃어버린 사실조차 모르고 살아가게 될까 두렵다. 여태 없었던 좋은 날을 기대한다. 그러나 기다리지는 않는다. 언제 올지 모르는 버스를 기다리기보다는 다른 버스를 타는 게 더 나은 선택이니까. 만들기 어렵고 화려한 3단 케이크는 언제 내 손에 들어올지 모른다. 작고 가벼운 막대사탕은 손만 뻗으면 입에 넣을 수 있다. 막대사탕의 그 작은 달콤함이 삶을 달게 만든다. 오지 않을지도 모르는 최고의 날을 원망하지 않으련다. 가만히 앉아 있어도 땀이 돋는 무더운 여름날, 바람이 잘 드는 작은 방에서 또 한 편의 원고를 끝내간다. 좋은 순간이다. 이렇게 좋은 날, 이렇게 작은 달콤함으로 큰 비를 이겨낸다. 최고의 날이 언제인지 궁금하지 않다. 내일은 어떤 비가 올지 모르지만 지금 이 순간, 아, 달다.

꿈을 꾸지는 않지만
절망하지도 않아

초판 1쇄 발행 | 2013년 2월 15일

지은이 유인창
책임편집 정광준 | 아트디렉션 정계수 | 디자인 박은진·장혜림
펴낸곳 바다출판사 | 발행인 김인호 | 주소 서울시 마포구 서교동 398-1 창평빌딩 3층
전화 322-3885(편집), 322-3575(마케팅부) | 팩스 322-3858
E-mail badabooks@gmail.com | 홈페이지 www.badabooks.co.kr
출판등록일 1996년 5월 8일 | 등록번호 제 10-1288호

ISBN 978-89-5561-659-0 03810